世界是自己的，与他人无关。

——杨　绛

暮 钟 偈

——我行走的生命

石孝义 著

东北林业大学出版社
Northeast Forestry University Press
·哈尔滨·

图书在版编目（CIP）数据

暮钟偈：我行走的生命／石孝义著 . —哈尔滨：
东北林业大学出版社，2016. 12（2024.1重印）

　ISBN 978‒7‒5674‒0998‒9

　Ⅰ . ①暮…　Ⅱ . ①石…　Ⅲ . ①游记—作品集—中国—当代
Ⅳ . ①I267. 4

　中国版本图书馆 CIP 数据核字（2017）第 015596 号

责任编辑：赵　侠　吉　超
封面设计：宗彦辉
出版发行：东北林业大学出版社
　　　　　　（哈尔滨市香坊区哈平六道街 6 号　邮编：150040）
印　　装：三河市天润建兴印务有限公司
开　　本：660 mm×960 mm 1/16
印　　张：12.75
字　　数：142 千字
版　　次：2017 年 10 月第 1 版
印　　次：2024 年 1 月第 2 次印刷
定　　价：49. 80 元

行走的生命

（自序）

一

在人类多姿多彩的休闲方式中有一种叫作"行走"。而每一个喜欢行走，甚至是将行走与生命绑定在一起的人，我便将其称作"行走的生命"。1800 年前，曹孟德在碣石山上曾感叹生命短暂、韶华易逝，而吟诵出——"譬如朝露，去日苦多"的诗句。他那份渴望早日建功立业的心情或许作为常人很难理解，但即使再渺小的生命也有拓展生命宽度、优化生命质量的渴望与憧憬，这便是我们常说的生命的意义。"行走"之于每个喜欢行走的生命来说，它的意义又是什么呢？

我们说，在人与自然的相互融入，人与社会的和谐相处，人与生命的严肃面对中，山川湖海之于我们就像是诗、酒与爱情。于是作为一个喜欢行走的生命，便会自然而然地将这份浓缩了的执着，义无反顾地投入或笔直或弯曲或泥泞或陡峭的路途之中，甚至有些人会沉迷其中，不惜以生命的代价来"抒发"这份热爱！这或许就是行走的意义，无须语言，最直接的解释便是用行动来表达所有的情感。

关于"行走"背后的原动力，有人说，这是生命本身所呈现出的一种自然属性；也有人说，这是一种来自人类所共同拥有的潜意识下的驱动，因为人类有征服自然、崇尚自由的天性。但不管怎么说，千百年来不分种族和地域，总有一些人在不同的时间、不同的地方上路，而且坚持走下去，并将生命真诚彻底地交给路途！至今记得二十多年前，在报纸上看到一位退休的老教授用几年时间骑行全国的报道时，那一刻激动的心情。那时，我不理解老人究竟为什么会忍受着路途的艰辛与煎熬，而矢志不渝地走下去。但是后来接触到越来越多的"驴人"，我便渐渐明白，那是一种流淌在血液之中的与生俱来的向往与冲动！

"记忆一路的真实，感受真实的自由。"因为路途中那无数新奇与未知的招引，于是生命中那份追求自由与征服险难的天性便迸发出来。汽车、摩托车、自行车甚至是徒步等"驴行"方式不断涌现，个性之光得到极大的张扬，这些更具挑战性、冒险性甚至是自虐性的"行走"方式，实际上更突出了人类的本性，也更能与自然亲密地融合在一起。所以，一个真正的"驴人"，始终是在用路途当作文字，书写着生命！

生命，行走的生命！

二

远古时期部落或群体的流动，主要是为了寻找更加适宜生存的环境而进行的大规模的迁移；战国之后，除游牧民族还保留着集群行走这种生活方式外，农耕民族已经逐渐以土地为凭依开始稳定下来。于是这时的行走，由集群开始变为了个体。而个体的行走，主要是一部分精英阶层对政治与人生的一种追求，无论是游侠死士还是说客文人都不断地奔走在诸侯国之间，推行着自己的政治主张与学术思想，甚至是奉献自己的生命。苏秦、张仪缔结纵横之策，孔夫子周游列国……几乎先秦诸子、文臣武将就没有一个不是在列国间，先寻找到一位英明之主，之后才成就一番事业的，包括秦汉时期的一大批贤能，也是如此。可以这么说，政治主张与学术思想应该是那个时代的精英们用双脚走出来的。历经魏晋的刀剑杀戮之后，社会的精英阶层沉寂了好一阵子。他们以不与当权者苟合的态度一度沉寂山林，于是造就了"魏晋风骨"这一有趣的文化现象。之后，陶渊明、谢灵运之流开始将浪迹山林作为人生最大的乐事，并从此开创了一条中国文人纵情山水的鲜明文化支脉。唐朝时期，随着科举制度的完善，门阀、自荐式的社会举官制度被废除，于是普通人便不再依靠"自我推销"的方式去投身官场了。这样，政治阶层的"个体生命的行走"时代宣告结束，取而代之的是文化阶层的"个体生命的行走"时代的来临。纵观盛唐时期的诗人，可以说无一不是游历过全国的大好河山后，而诗兴勃发、佳作不断的。他们的才情与路途最终完美地结合在了一起！

生命应该依靠行走来完成一次次的喷发，像一直驰骋于大漠的匈奴人，他们便是一种人性之中血性始终保持高亢状态的标志。元王朝在南宋偏安江南一隅，尚在绞尽脑汁、想方设法保全"残喘"之局时，却已经一路驰骋直至饮马多瑙河河畔，完成了一次东亚人类史上最辉煌、最伟大的"行走"。然而这种"血性"的行走，只延续到清朝入主中原，之后便被强大的中原文化所同化，而且同化得相当彻底，晚清的八旗子弟，骑射之技几近荒废。

作为个体生命的行走，随着朝代的兴亡更替而越发削弱，直至消亡。这种现象有社会的原因，有制度的原因，更有经济文化等诸方面的原因。但从人类遗传学的角度说，这或许是游牧民族血性基因的湮灭。这种以行走来释放豪迈情怀的民族，骨子里充斥着无畏与征服，这是人类优良本性的遗传，只可惜到明代只有一个叫徐霞客的人，倾其一生行走于山山水水之间，最后以藤椅抬着伤残不堪的躯体回到了家乡。从某种意义上说，徐霞客是中国古代有意识地续写行走的生命的唯一特例！只可惜这时社会的思想、文化，完全困守于土地之上，农耕意识已深入人心，并从思想上将这个泱泱大国"豢养"成一块板结的荒碱之地。

行走是一种人性的升华，更是一种不断激励生命升华的源泉！

三

前些年有一部美国大片《阿甘正传》曾风靡一时，对于此片的内涵当时我一直认为是一种表现形式上的哗众取宠，后来有一天在网上看到右手残疾的左建球单手骑自行车走遍西藏、青海、新疆、内蒙古等20多个省、自治区、直辖市，总行程达3万多千米，并被许多媒体和车友称为"中国阿甘"，透过左建球再去审视影片中的阿甘，这时我才忽然有所感悟……

从一些摩托车论坛上，可以看到许多"摩友"都是将西藏作为自己朝圣之旅的目的地。因为那里的气候、地形、路况、气压等无疑都是对人和车极限的考验。而每一个赴藏者的心中也都充斥着一个梦。这也是我一直的梦想！2008年奥运会前夕，一名19岁的高中生单车赴藏，往返40多天，最远到达珠峰脚下。而后一位60多岁的陕西老人又步少年后尘再赴西藏。之后赴藏者接连不断，这一切仿佛都是为了一个目的，为了那片纯洁的天空，为了那片覆盖着白雪的山峰，而作为征服者，同时他们也是为了征服脚下的那条艰险的道路。也许"驴人"总有一种情结，便是对道路的无止境的膜拜心理。那一切的快感与乐趣、追求与新奇全部都在或笔直，或弯曲，或泥泞，或陡峭的路途之上。马永军逝世，数千名摩托友在论坛上祭拜这位万里独行侠。他逝于一种对道路永久而痴迷的爱恋，而最终以生命的形式祭奠了他的信念。他渴望的是一种真实，而非猥琐地躲在车厢之内等待着车轮从起点拉到终点的旅行，这种方式对于他来说无疑是苍白而苟且的。一辆标写着"春风水冷"的踏板摩托车，几架相机，一个笔记本电脑加上一个矮小黑瘦的光头汉子，马永军就这样以平凡而真实的生命"积淀记录下了生命的璀璨和激情"。

"行走的生命"，还是一种生命存在的形式。几年前在山西的一次骑行中曾遇到一群徒步的"驴友"，后来和那位领头的队长经常在网上交流，才知道他竟然是一位资深的徒步者，他从十几岁开始便喜欢上了这种徒步运动。试想三十几年前，在人们还吃不饱肚子的时候，有几人能将此作为一种消遣或娱乐去做呢？而这位徒步者竟然经常身无分文，靠乞讨走遍了很多地方，有时大冬天就在冰面上铺些稻草睡上一晚。行走之于他，就像是每天的穿衣、吃饭一样离不开。几乎每个周末，我都可以看到他在空间里更新的徒步旅行的帖子，无论春夏秋冬，或远或近，多年来从没有间断过。那年他来天津找我，席间我劝他写些游记文章，他笑笑摇头说，不感兴趣。行走之于他，竟然没有半点虚荣！看着他经常吃的就是在野地里随便煮的一些简单饭菜，喝的是劣质的烈酒，睡的或是荒弃的小屋，或是荒山中的帐篷，或是桥洞……但每张照片里的他都洋溢着开心的笑，于是我理解了，行走中的他是快乐的，快乐来源于行走……

最重要的一点是，这些真正行走的生命，永远会将路途当成神圣的上帝一般去膜拜，而且从不去过多地解释这种行为，他们像供奉上帝一样虔诚地行走在路途之中，从一而终，因为——那是他们的信仰！

石孝义

目　　录

村景三画

一

冻土刚化，软软地堆散下去。地里斑斑点点的黑点是乌鸦和喜鹊。车子从高高的地埂上骑过，那稀稀拉拉的麻雀便风似的从车前旋过，又落到沟坎对面的地里去了。沟埂下可见一块块新绿了，那是一根根傲然直立的芦锥。微微两片嫩叶仍似张未张地裹着芦心。新绿处总有洇湿的泥土，呈现出不规则的形状，像是刚被野火燎过。低洼的地方却分明看到一汪清水了。

风真的是暖了，吹到身上脸上总感到腻腻的，让人觉得是那么宽容。冬耕过的黑土地铺天盖地，翻卷着向天边伸去，直到天的尽头才被一抹淡淡的绿墙接住。蓝蓝的天，淡淡的绿，影影绰绰的，仿佛两相早已融合在了一起，这就是早春的柳树了。真的会让人想到古人所写的"柳色如烟"呢！烟墙下忽然有了一点色彩，红艳艳的，一动一动的，让人不经意间会想起东方的云霞。一点、两点、三点……顷刻间，每片地里都有了那红艳艳的颜色，喷吐着的黑烟在清淡的世界中凝固了，渗透进色彩中，成了画幅中那点点被甩过的颜色。

转过几道弯路，路宽了。一切仿佛都被放大了。柳烟飞扬着冲天散去，透过纷繁的柳枝，天空就夹在了这数不清的网眼里，随着车子的颠簸便像是无数的流星雨狂泻下来。线杆歪斜着一路向着远处有炊烟的地方连去，车子的嘟嘟声从地埂上一直响进了村子里，引得胡同里正玩耍的孩子奔来追逐。我是有些厌烦的，要停下车来吓吓他们，他们却一哄地住了脚，冲着你挥舞着手里的秸秆，花花的脸上抹着干巴巴的鼻涕。再后来，便有狗远远地望着你，汪汪吠叫着助阵，于是我只好一溜烟地又下去了。

空荡荡的胡同只有炊烟味和尾气味还在，一架骡车却不知什么时候又从后面追了上来，车是慢的，因在村路上也快不起来，随车子颠下的是哩哩啦啦作响的高粱粒和老骡子热烘烘的粪便。夕阳就在这车尾骡背上被斜斜地拖进村来，飘化了，成了雾气散向村子深处。

二

红的墙皮大半是脱落了，便揉搓进许多的暗红色。一所所砖房参差地插进村子里，像一朵朵刚刚褪红的野花，看上去村子显得老了些。一条赭灰色的土路蜿蜒着伸向村子中心的一大块空地上，这就是村里的集市了。铁制的摊点、货架零乱地在四周摆放着，菜叶撒得满地都是。还没到上集的时间，所以看不到买菜和卖菜的人。

集子中心却被横竖停放的几辆红色、黄色的"的车"占了大半位置去。骡马车经过那里显得土气了，便羞答答地远远绕开来。赶车人本来喝骂冲天的嗓音，此时竟怯生生地小了下去，只听见嗒嗒的马蹄声和车子铁轴的撞击声一路渐渐地远去了。"的车"的师傅大都像是城里的闲人，他们既不着急地里的活计，也不着急迟迟不到的生意。活计自有家里的女人去料理，生意嘛，那就是缘分和财气了。"钱找人享轻闲，人找钱累死人"，他们关心的倒是如何快点把这时间打发掉。

开着的车门子里大都开着收音机，声音很大却没人去听。师傅们瞪着眼睛看着车顶子，两只脚像是出墙的吊瓜挂在了敞开的车门子上。真是一副休闲样！车外不远处的西墙根下，还三五成群地聚着几堆人。手在头顶上挥舞着，使劲吆喝着甩着纸牌。"打的"的生意大都是找上门来的，或是亲戚或是邻里。来了便一眼直直地寻着自己熟识的人，嘴里喊着大伯、大哥，亲热地走过来，身后屁颠屁颠地追着抹着鼻涕的小孩子。师傅总是不忙地、慢吞吞地甩了手里的牌，嘴里还骂骂咧咧地回声："不要散了，等我回来。"车子这才"呜"的一声开走了。人堆里出现一个空缺，便又马上挤进人来顶上。于是吆喝便又一声高过一声，啪啪的甩牌声倒成了一通抑扬的鼓点。

三

代销店向阳的南墙下像是堆了一盘下残的黑白棋子。黑的，矮矮地靠在那里不动的是人。白的，四下里乱动的是几只鸡。鸡总是伸长了脖子在人堆里穿来穿去。人则不是很多，就那么几个人，也总是那么几个，各自占着自己那个位子，瞅着市场里空荡荡的几辆"的车"发呆。偶尔一声长长的咳嗽，便引出一大串长长的浓痰从灰白的胡子中掉出来，鸡便跑来竞相啄食着。于是这棋局就乱了，像是收官前的数子。

忽然一辆"的车"从胡同中窜出来，吱吱叫着，刹车声惊得一个个人和一只只鸡竟都伸了脖子过去。惊奇的眼睛和恐惧的眼睛都盯着这声音来处。车在代销店门前停住了，不知什么时候几只长脖子的鹅从车轮下飞似的钻了出来，毛还在飞，尘土还在飞，人堆里就响一声叫："这家伙真是个愣头货。"鸡便随了声音去瞧。门子开了，"吱，吱——哐——"门又被摔上了。留着一头黄毛的人冲下车钻进了代销店里的牌局。

人堆又像是一盘棋子一样重新摆放好了。终于又没了声响，鸡们又开始在"黑子"里晃悠。太阳吊得更高了，人影都缩到了人们的胯下，像一块湿湿的泥土。阳光不是很足，一张张黑褐色的脸膛儿竟都像又涂上了一层红锈。眼睛是眯了的，总是这么眯着，似是在看前面的东西，又不似在看什么东西。视线却总是定在了那么一个方向，不变的。即使前面停了车挡回来这眼光，可那眼光却仍要送回去，送过去。娃们跑来追着从胡同里窜出来的猪，一群追过来又一群追回去。"啪——"一个趔趄，"妈——"一个孩子甩着眼泪又跑回到来时的那条胡同里去了。人堆里却喃喃地甩出一声责骂："这孩子又疯得没人管了，他妈许是又上座玩牌去了……"声音是没人理的，像是也不需要有人去理。只是鸡扬起头来定定地瞅上两眼便又低头刨土里的虫子去了。

"啪——"一声响，清朗朗的蓝天里忽然冒出一股子烟来。"啪——"又是一声。人堆动了。头都扬了起来，随后又低了下去，几双眼睛转过去又转了过来。"栓爷许是没了……"眼睛都不约而同地聚向墙根的一块石头，空空的，那上面没有人。"嗯，有两天没来了"！人堆动了，视线乱了，一束束地收回来，散乱地乱摆着却不知该放向什么地方。终于有一个人影先立起来，"咳，咳——"粗重地喘息着："回了……"

　　沉一会儿，又一个人影立起来："回了……"

　　"回了……"

膜拜道路

也许"驴人"总有一种情结，便是对道路无止境的膜拜心理。那一切的乐趣与新奇全部都寄托在永无止境的路途之上。

我们渴望着这种用激情燃烧的岁月去描写一段路途，一段能够用心灵记载下的，能留到暮年讲与儿孙的回忆……尽管渺小了些，平凡了些，可对于自己来说总还是真实的。

一段记述在路途之上的往事，回忆起来大概有十多年了吧。那个假期一心想骑单车去一趟盘山的冲动再也抑制不住了。没有再邀请朋友，是因为不想让别人以任何一种推辞与迟疑延缓了这次出行。顾虑的是摩托车，一辆跑了四五年的重庆老80真不知道会将自己带到什么地方就歇工了。可计划了便不再多想什么——如果怎么样……

只有妻子，还有一个简单的背包便上路了，对于真正的"驴人"来说从天津到蓟县的这段路途实在是算不上"路途"，可对于我这个没离过家门50里的准"驴人"来说意义就不同了。上了津围公路眼界一下开阔起来，天边的那层淡淡的云霞似退未退，空气中还残浮着稀薄的雾气。不到六点钟车子进了一个小镇，吃过早点刚刚上路，可天却阴了下来。心里一下子便紧张起来，担心这雨会突然从天而降。还没等出镇，雨便噼里啪啦地下起来了，转眼间连成了线连成了行。我和妻子扔下车狼狈地躲到了路边的一家屋檐下，雨却毫不相让一直追赶了过来，终于只给我们留下了一脚之地。等吧，一小时过去了雨还不见小，心下犯起了愁："不会这一天就在这过去吧！不等了。"想着一种冲动竟生起来了，咬了咬牙和妻子一同冲进了雨雾中。车子在雨中疯了一样狂奔，车轮在路上碾出了一条水线，眼睛基本睁不开了，一会工夫衣服已然贴到了身上。雨点像机枪一样狂扫了过来，冷，然后是疼，再后来是麻木。过了武清县城之后，雨慢慢地小了，停了。心情先是一爽，衣服也随之在风里渐渐地被吹干了。

可好景不长，真是"三十里不通风"，一会工夫雨又铺天盖地袭来，然后又渐渐地停下，衣服就这样干了湿、湿了又干。还好，总算不到十二点我们就到达了蓟县。那大山环抱的小城看上去古朴凝重，顺坡顺路，车子不停歇地一头扎了进去。进镇打听好了到盘山的路，车子一口气又奔了下去。进山了，平缓的山路一直弯弯曲曲地伸向山里，可车子却再也坚持不住了，像一头力尽的驴子只听哇哇的车响不见车动，没法子只好弃了车徒步上山。

下盘、中盘，因为小雨淋漓，所以除去赶路之外再没有心情去细逛。到了挂月峰山势陡了起来，加上石路湿滑，人走在上面真是提心吊胆。不过还好，总算是连拽带拉地到了山顶，几座孤零零的舍利塔，在云雾中若隐若现，往山下看，一片白茫茫的云海翻滚着让人有些眼晕。停了一会，因为人太多了，便不想再待下去了，逆着拥挤的人流又朝山下走去。

回到山下，回望山上，好像来去显得匆匆了些。车子又上路了，雨也又跟着来了。车子在经过一条土埂时因为湿滑摔了出去，人也随同一起甩了出去。妻子急了，不顾一切地爬起身先扑向摔掉的包，我愕然！妻子拾起包笑笑说："还好没湿，不然这次拍的照片都泡汤了。"我也笑了，那里面记录了这次骑行的全过程。

　　雨依然时下时停，到家时天已黑了，嘴唇冻得有些发青。还好车胎是在到家的一瞬瘪掉的。一次简单的"驴行"，而今翻翻照片，雨中的山行记忆不是太清晰了，但印象深刻的是那一路的雨中骑行。虽一路不免显得狼狈，可内心之中却越发会生出一种神圣感，并激发起一种冲动，再次去膜拜那无边的道路，感受那路途中所带来的激情，以及在路途之中深刻体会到的青春岁月！

湖的色彩

　　岁月总是能漂去生活中的一切杂质，从而还原出一帧帧真彩的画面。

　　那时该是学画的第二年吧！一个暑假里为了交付开学的30幅水彩作业，几乎每天都要背了画夹去村东的那个湖。八月的天气正是绿色叱咤的时候，天空是苍白的，一切的喧嚣都让位给了大地，湖水挤在其中倒仿佛成了一位地道的隐者。不见秋水的峥嵘，亦不见寒冰的冷漠，只是一片沉静，宛若处子。堤岸两侧草捆着树，树抱着草滚滚地卷向天际。一条瘦长的小路就夹在这绿色里，孤零零地环堤爬行着。车子在小路上跳跃着，因为我的闯入林荫里仿佛一时有了生机，已经暮归的鸟惊乱地叫着又叫着。静——像一面镜子一样碎裂了，哧哧地插入了沙土中。

　　太阳仍是一片白光，闪得人眼睁不开。但毕竟是近黄昏了，一股凄凉缓慢地从四下里冉冉地升腾起来。林子变得森郁了，路便也随着凝重起来。不远处一座红砖的看湖小屋跳入了视野。屋前的土灶上正袅袅地升起一缕炊烟，一位50岁上下的看湖人，正弯着腰收拾着脚底的灶火。通红的火苗、白腾腾的热气和淡灰的炊烟，在纵横交错的渔网间游荡着，小院仿佛变得模糊了。西来的阳光刚好贴满小屋的西墙，鲜红鲜红的色彩在绿色的包围中一下子脱颖而出。院前几棵高大的臭椿树的树荫将院子罩了起来，地面像是被水淋湿了一般。我的车子从院旁经过，看湖人直起身子瞪着我，有些意外，这时候了怎么还会有人背了日头去。一群鹅不管不顾地追了出来，不停地叫着，在我车后追赶着……

路更深了，身子微有些寒意。回头望望，日头下滑的速度越发快了。"我得快了，不然日落前怕是赶不上了。"我暗自叨念着，车子便在土路上跳动得更加起劲了，"噗——"路边的草丛里猛地窜出只鸟。是鹰，一只棕黑色的老鹰，爪下却死死地抓了只小鸟朝前飞去。我的车子加了速，鹰慌了，竟然不避开小路一直朝前狂飞，可是因为自身抓了猎物负重过大，既飞不高也飞不快，所以我的车就一直在它身后一两米的地方撵着。终于，几十米过后老鹰坚持不住了，它机灵地将爪子一甩，猎物被扔进了路边的草丛中，然后一翻身滑落到旁边的大树上。我也停了车抬头瞪着这只本地很是少见的猛禽，而鹰却不理会我，只是牢牢地盯着草丛里的猎物。"突"的一声响，草丛里那只小鸟窜出草丛飞走了。老鹰看看无奈地摇摇翅膀，尖啸一声也飞走了，我也只好又上路了。

东岸的天真蓝啊！向东望，蓝蓝的天空深远得像青海湖的湖水。我放下车拣了块干净的堤石坐了下来，支好画夹，天地开阔起来。天还早，太阳还在离水面一两米的地方，但阳光已大不如先前霸道了。屁股底下的石头被晒得烫得慌，像是坐到儿时家里的火炕上。我索性躺下身去，闭上眼，天变得一片金黄，顺着眼皮一直渗透进来。风凉了，从东边吹过的风轻柔得像一面纱，从头到脚地沁凉舒服。我坐起身，眼前忽然有了变化，西天变得热闹了。一层暖色从水面一直平刷到半空，然后一点点地过渡干净。水也不安生了，被风一怂恿，浪大了、多了，一层层地推来撞击着东岸的石堤。哗哗的声响犹如碎金摔玉，随水波涌来的还有一层淡淡的腥潮味。西天的色彩越来越喧哗了，众多的色彩，一条条一块块黏连着、撕扯着、包围着、旋转着，灯红的、藏蓝的、绛紫的、金黄的，色彩与形状之间相互扭打了起来，于是便又生发出许多的间色，括约出许多未定的形。那形状和色彩一下子折磨了我的笔，一笔下去还没确定形与色已然又变了。我真有些手忙脚乱了，纸上的色彩与形状就在这忙乱中变得像是涂鸦。"不管它了，画湖水"，我望着那转瞬即逝的光彩，将笔与视线全都下移到了水波上。与太阳相对的是湖面上那一条子金黄色的碎波，熠熠生辉，闪动着，照应着。

太阳越来越低了，色彩也像是落幕前的"配角"一一地退场，终于在太阳与水面亲密一触的刹那间，天地轰然一声地统一了。红色——再没有一丝的杂色参与，水与天全然被不同纯度的红色瓜分了，深的、浅的、明的、暗的、纯的、杂的，整片色彩的大团圆奏出了一场祥和与喜庆的交响乐。我久久地沉湎于这宏大的喧嚣之中，可日头终还是要落寞地作别西天的云彩。金亮的光晕没有了，隐露的半片轮廓被清清楚楚地勾勒了出来。边缘淡淡的像一只去了壳的鸡蛋，天空的色彩浓浓的像要渗出水来。我定定地看着，也许只有这时太阳才是最真实的，它与周围的色彩完全脱离开了。天空像是一件大氅一样被它脱去，自己孤独地向着地平线走去。

此时我想到了悲壮！

望着这朝升暮落、千载不变地重复着同一运动的太阳，我忽然想起了一则希腊神话。传说在希腊诸神中，西西弗斯因为受到神的诅咒，每天必须推动巨石上山，而当巨石被推到山顶的一刹那又会轰然滚落下去。西西弗斯就得重新开始，这样年复一年地一直下去。诸神认为，再也没有比进行这种无效无望的劳动更为严厉的惩罚了。然而哲学家加缪却认为："西西弗斯是个荒谬的英雄，他藐视神明，仇恨死亡，对生活充满激情，这必然使他受到难以用言语尽述的非人折磨。他以自己的整个身心致力于一种没有结果的事业，而这是对大地的无限热爱必须付出的代价。"

面对着落日，我忽然觉得，这不就是一则优美的西西弗斯的传说吗？这天空中的万道霞彩，每份色彩似乎都是严肃的，毫无保留的。让人感到一种真实而不是空洞，谁说这每天周而复始的运动枯燥无味。落在我纸上的日落，早已因为画纸被洇湿而淋漓成另一番情形了。可是喧闹还在，光彩还在，而形与色却早已不似昨日。这倒成了一种生动。当我们怀疑人生的荒谬与惨淡时，看看那西天绚烂的色彩，每天都会重新升起的太阳，你会发现西西弗斯是快乐的，因为他爬上山顶进行斗争这件事本身就足以使一个人感到充实。他的命运是属于他自己的。人生真正的意义在于此，我们欣喜这落日的自信，而真正的人生是不存在不通过蔑视而进行的自我超越！

那页写生稿现在早已不知去向了，可记忆深处中仍会经常浮现出一抹氤氲的色彩，端庄而严肃的光影。

暮钟偈

　　香雾，游离了乌黑的铸铁香炉，犹疑着，撕扯着爬向半空，像是用旧的纱，大块大块地飘荡在空洞的山光中，空隙间不失时机地填进许多橘黄的天色来，看到眼里感觉是那么的舒服。隔着这"旧纱"看药师殿的屋瓦，青灰的颜色，深浅不一，连同檐下的画栋、木格子门窗，处处让人感到一种古老与宁静。

　　药师殿门外的老槐树正叱咤着所有的绿色，灌满了蝉的树冠像是一只巨大的"吹笙"在肆意地吵闹着。老义工在这蝉声中竟像是沉沉地入定去了，只剩下嘴巴与手心的念珠在和谐地动着。褚红色的砖墙、殿房、花树，还有那对执着的石头狮子，都或明或暗地浸泡在暮色的阴影里，一块块斑驳得像是遗留在沙滩上的礁石，慢慢地被浓重的阴影一点点地侵蚀着。或许是太晚了吧，看不到一个游人，我定定地站在香炉前，一串信鸽带着尖锐的哨声划破殿顶上堆落的尘埃，一头闯进了西方明亮的日头里。西天一束耀眼的白光追来，接替了这哨声，在不经意地仰首间却莫名地定格了我的意识，刷清了我所有的思绪。刹那间，我仿佛被融进了那片光亮的色彩里！地上的投影将我的身子斜斜地拉出很远，我低头寻找着，发现我的影子竟直直地穿过花树的缝隙撞到后面的石井壁上，才折了身。

无人的去处才能叫得上一个静。寺院里已经空空洞洞地没了一个人，可曾经有人来过的地方，还是会留下许多的印迹，像水泡过的土地。没有接待过生命的地方，会让你从眼睛到手背都能感受到一种像水一样的清纯，凉得沁人心脾！西跨院即是这样的去处。几处白色舍利塔，自由而散漫地疯长着的野蒿，再就是远处连绵的群山。我喜欢沐浴在这份久远以来一直未被裁剪过的宁静之中，哪怕是变成一处失掉生命力的泥像或是古树也是好的啊！唉——想，终归是想，也只能是想！或许是因为待得太久了，蹒跚挪移而来的老义工口中绵绵不断的佛号声，打扰了我的这份闲想。看着他不时撩起的眼神，总是笑眯眯地在慈祥与无念之间闪烁，于是便放弃了委身于泥胎的打算，笑笑，随了他又回到药师殿前。日头低了，四周大块的阴影，已经被满院的花树分割成了众多像筛子眼状的网格，可堆集起的斑驳却始终未失慌乱，只是沉静地等候着夜色的统一。

天愈发地暗下来。越过东北角丛树掩映的矮墙，断断续续的佛号声从大雄宝殿中传了过来。咚咚的木鱼声就穿插在这声声不断的佛号声中，起荡、回旋。我信步走到矮墙的葛藤处，可佛号声却在一声清脆的引磬声中戛然而止了。六七个身着黄、赭、灰不同袍色的僧人从佛堂中走出来，角门外，各自风一样地隐没了。遗留在眼睛里的黄、赭、灰诸色却久久不能消化下去，僧人的形象也一同陪伴了来，在脑海中镶嵌着。于是，就又生发出另一份的神秘与久远以来似曾相识过的宁静巧遇了，冲击着思维。

静，搀扶着夜色终于来了。苍白的圆月端端地坐在西殿挂角的檐上。这个尘凡的大地上便又多了一分安详与静谧。黑漆漆的山色栖身过来，整个天地仿佛被揉搓成一个整体，装进了木桶里。远远的那团焦墨般的黑该是峰顶了吧！夜色中的山顶该是什么样子呢……寄居在客房中，唯有思想与耳朵是自由的，随着秋螟声、夜莺声、布谷鸟声，不停歇地游离着，流窜着。深夜山里的各种声音永远像月光在湖水中摇晃，无意却又总是有意。闭上眼这声响便忽远忽近地传来，一会儿长一会儿短，一会儿高上去一会儿却又掉下来。来了便不愿离去，非要在这里赖上一会。一声传来，另一声也许会隔上一会儿，也许就一刻不停地追赶了来。这声音不一定来自同一个地方，也分不清是在什么地方，只是在夜色的包裹下，来来去去。深得像钢丝在心间划过了一道深痕，淡得却像露水浸润了一下眼睛便溜走了。任你追，任你赶，这声音就是不回头地跑回到来时那片深远的群山里去了。睁开眼，院子里昏黄的灯不知什么时候亮了，拎着水壶的小沙弥匆匆从门前闪过，这山间各种的"梵唱"自是打动不了他的。在这孤寂的山寺中，我不知千年来曾有几人留意过这声音。也许这就是缘分吧！匆忙而过的山音不知是否记住了我，我也不知道自己到底能记住它们多久。

月色苍白，在院子七八盏灯光的映衬下显得更加苍白。东院般若殿的号声在咚咚咚的木鱼声中又响了起来，比傍晚时只是多了一丝的空旷与悠扬。一声领，长长的像撞响沉寂万年的铜钟；众声随，在连声木鱼声中飘荡。凝神细听，仿佛是一块仲夏的寒玉包在了心间，让你能久久地品味其中的无尽宁静。在古寺的树影里、青瓦间，这佛号声也不知厮磨过多少遭了。

翻着一页页泛黄的古寺山志,不知不觉中这"千古兴亡事",便被这佛号声揪着不得不跳出来。是啊!南朝四百八十寺,多少楼台烟雨中……恍惚间,不知什么时候窗外一抹淡淡的野丁香花的香气飘了进来,一下子打扰了我的这份怀古,仿佛是当年故乡南窗下的野丁香的清香。记忆真的像长了触角,一下子肆虐地向深处爬去。乡愁的闸门被打开了,一幅幅画面喷涌而出,重重的仿佛有五千斤,斤斤压着你的眼睛;一切的宁静都换了装,逃得无影无踪。我也想逃去,可引逗得眼睛里的乡愁跳动得更加有趣,索性来了气,任着你,来吧!而这份乡愁却瞬间没了生机,安静而又慢慢地爬了回来,只是这次苍老了许多……"叮——"引磬响了,佛号声停了,院子里传来杂沓的脚步声。我坐起身,一切仿佛又跳转了回来,可也不是。想努力再搜寻出刚刚的那份记忆,竟然"了不可得""哪去了呢",山音不是还在吗!细听,哪里可是啊!你听,弱了、零散了,像宣纸上甩落的墨迹斑斑点点地晕化开去。

门前池中的荷花宁静地望着月下昏黄的灯光,渐渐地也要睡去了。夜更深了,低头看到手中的书,仿佛刚刚远离了一个世纪,睡吧!我合了书。可南窗外的钟楼,却轻轻地传来一声清脆的钟声,一下子将刚刚弥漫起的睡意击碎了,周边无尽的山音也一下子被洗涤掉大半。当当的钟声清凌凌地穿心而过,像线像丝。夜下,一声浑厚的唱偈传来,没有一点的矫饰,像一杯凉茶,默默地浇在心上,让人感觉通体的清凉。沉郁的钟声、古朴的唱偈,就这样相拥着在夜色深沉的山间随适地流浪着,扬荡着,牵挂着每个客居人的心。每个字眼似乎都不是那么清楚,每个字音又都似乎被刻意拉长了。可就是莫名的有一种深沉，一种耐听，自自然然地灌进你耳朵里来。追赶着所有的喧嚣，那空灵清凉的世界便一刹那间再度降临了，光亮而寂静，像满月照耀下的大江，一点点地哄着你沉弥了，一切又都成为当下的一种回忆……

悠然地不知什么时候睡去的，北窗的灯火、南窗的暮钟、满池的睡莲都留在了心外，停驻在心里的只有那暮钟清脆的响声与低沉的唱偈声，一遍遍地在心里往复地流淌着，流淌着，再流淌着……

水墨酣漓七里海

翻过高耸的永定河桥，天地陡然开阔起来，那铺天盖地的绿色像流云一样挤进眼来。天仿佛被剥去了一层颜色，高远的清凌、清澈。一路行来见不到什么人，鸟却多了，啾啾地叫着迎着人飞。至潮白河口，那莽荡荡的河水泛着绿波一路奔来，向东又回旋几个弯曲这才抱紧另一条大河远去了。

攀上潮白河堤，视野一下子被提升了起来。俯瞰堤下，小路悠远。两旁林荫浓郁，几个转弯便掩埋了视线，斜刺里却能从树隙间窥看到那阳光下泛着白光的古河，于是这才定下心，路还远着呢。路旁林中的鸟多了起来，却是怯生，远远地飞了却又会在不远的树梢间立定，等你近了，便又是一个起落。路便在这噪闹的鸟影中生动了。

路的尽头几条马路拧合成了一个放射的点。由天津至芦台的公路被潮白河截断了之后，便撇而向西被西七里海的莽莽苇海所吞噬。隔河可以遥望到宁河古镇——淮淀，清一色的红瓦红墙，参差排列着摊摆在河堤西沿。远远望去淡淡的水雾升腾起来了，淡去一层的鲜艳却润化出一种古朴的凝重。

沿路爬上一道石闸之后，地势又高阔了，这便是七里海了。

长长的围堤从海子里直穿过去，将七里海隔成了东西两半。路两旁树的荫郁再也拦挡不住你的视野，俯瞰潮白河，被万顷碧波的西七里海挤成了一条若隐若现的长线，在绿色的掩映中缓缓爬行。一切都是绿的，一切都洋溢着生的契机。风起时跌宕起伏的绿浪便向围堰大堤涌来，被抬起的是灰白，凹下的是暗绿，于是成了浪成了涛，这就真的成了海了。人的视觉再不受一点的拘束限制。那满带新绿的潮气替代了海水的辛咸，沙沙的苇声经久不息地从四面涌来却不吵闹，总如少女般的和颜优娴。

与西七里海那"大泼墨"不同的是，东海子仿佛是水墨酣漓的文人画，一边雄浑坦荡如北方大草原，一边倒成了小家碧玉的江南水乡。仍还是苇与水的天地，那水面却大块大块地被裸露了出来，像刚剥去皮的青荔枝，晶莹剔透。霞光迎来，水面有了血色，招来的大群的水鸟在空中旋回，一只渔船闯了进来，水鸟却并不见惊恐，相反倒陡然凝聚成一团，在小船上空停了，渔者的头却是不抬的。只是更加匆忙地收拾着渔网，暇时左手会捏了网，右手极快地向半空一抛，就在这么一挥一缩之间一条小鱼就飞了出去，水鸟在半空中则恰到好处地等着，脖子就这么随意地一甩一带，鱼已被衔走了。其余的呢？却是仍随了船静等。渔者直了身，长篙入水轻轻一点，小船就滑了出去，朝霞下船后拖出了长长的一条重彩的波痕，群鸟则像是船上的一顶伞盖平平地随着移了去。

老人们讲七里海方圆有七十里，我没考证过，但它所养育的人们却何止七十里，每年环海子的居民要从这里收割大量的芦苇，七里海的天然河蟹已远近闻名，依水环海子屯了大片的水稻，使宁河享有了鱼米之乡的美称。七里海是退海之地，据说 20 世纪 70 年代这里曾出土过鲸鱼的骸骨，如今这里已被划为国家一类湿地贝壳堤和鸟类自然保护区。

　　天津宁河是一部河流的历史，而这河流的支点便是七里海。它东携蓟运河，西接潮白河，北据燕山，南衔渤海，哺育了宁河一代代生于斯长于斯的淳朴的人们。

己丑年壬申月庚戌日谒蒲松龄故居

实际上，我去山东淄川蒲松龄故居前后共有三次。第一次是在己丑年（2009）的九月。第二次是在三年后的十月，是骑摩托车前往的，一路从沧州到惠民，祭扫了天地门的祖庭——董家林庄后，从滨州过黄河，横穿淄博市到达淄川。第三次则又是在三年后，乙未年（2015）的八月，一家三口开车前往的。先是去了周村，然后夜宿在淄川县城，不过后来万分遗憾的是已经到了周村，竟只游览了古街，却没有去蒲松龄当年坐馆的西铺村。

这三次的蒲松龄故居之行，对于我来说，记忆各有不同，印象各有轻重，但最难忘的还是第一次的蒲松龄故居之行。或许于一个地方来说，第一印象永远是最清晰、最鲜明、最难以磨灭的，如果不在一个地方待上几个月，第二次或第三次再到这个地方，最直接的后果便是将第一次的印象全部颠覆，后来我去聊城、济南、爨底下……许多地方都是如此！

故 居

　　蒲家庄的城楼只能算作城门，可两边石头砌成的城墙上竟然有垛口，这才让我想起曾有资料记载，说当年这一带匪患严重，蒲松龄的父亲蒲槃曾率领全村筑城御寇，最后大破顽贼。蒲家庄建于宋代，是座名副其实的古村，早年环村建有土围子，四面有城门，如今只剩下东西两道城门了。我进村的城门是西城门，城门上的石匾中凿有"平康"二字。城门已是很残破了，灰砖有些已剥落。

　　进到村里，一条窄窄的街道，两旁都是古旧的房舍，灰砖、青瓦、白墙，两侧民居灰黑的门框、门板上，仿佛写满了岁月的沧桑。墙头之上长满了荒草，地上的青石已经磨蚀得与泥土一个颜色。

　　蒲松龄故居前摆满了卖纪念品的摊位，一座青砖的小院便隐匿在一个个摊位中，那孤独的门楼看上去仿佛有些清冷。大门的牌匾上写着"蒲松龄故居"几个金字，匾是郭若沫题写的。进到院里，西厢房的屋顶铺的还是茅草，满院都是绿色，青藤、石榴、竹子、爬山虎……蒲松龄的汉白玉石头坐像就坐在这万绿丛中，捋髯凝望着院门口。这里旧称"磊轩"，是以蒲松龄长子蒲箬的字命名的。穿过院内的月门花墙，便是蒲松龄出生、著述直至去世的"聊斋"。三间青瓦泥筑的普通民房，木制门窗，白色的墙壁，墙上还挂了几束玉米、数串辣椒，如北方的普通民宅一样。小院之中几棵国槐荫翳蔽日，青藤顺着青砖院墙攀爬得哪都是，显得小院愈发森郁。蒲松龄喜欢"豆棚瓜架"式的耕读生活，这满园的绿色或许正是为了满足他生前的这个愿望吧！

走进聊斋，迎面一张方桌、两把座椅，早已是古旧不堪。正面墙上一块"聊斋"的牌匾，是著名的蒲松龄研究专家，也是蒲松龄故居的创建者路大荒先生的题字，因为题写时路先生还健在，所以"路"字是以红笔来写的。匾下是蒲松龄74岁时，他的儿子蒲筠请江南画家朱湘麟为他画的画像，画的上端留有蒲公亲笔题跋两条。其一曰："尔貌则寝，尔躯则修。行年七十有四，此两万五千余日。所成何事，而忽已白头，奕世则尔孙子亦孔之羞，康熙癸巳自题。"其二曰："癸巳九月，筠嘱江南朱湘麟为余肖此像，作世俗装，实非本意。恐为百世后所怪笑也。松龄又志。"款款读来，当年这位孤独落魄、抑郁失志的老人，愤懑的心绪依然跃然纸上，令人不觉酸楚。画像两侧是郭沫若撰写的楹联，上联"写鬼写妖高人一筹"，下联"刺贪刺虐入骨三分"。

东屋的小窗之下是一面土炕，青砖的地面，旁边是一副书架。蒲松龄的一生于这老屋仿佛一直是过路的旅人一般，他从30岁因生活所迫开始到外面坐馆教书以来，一直到71岁撤帐回家，前后历40余年，而每年只有寒、暑假时才回到这所老屋，所以这所祖居实际就是他的"客栈"。

然而这所老屋却又是他和夫人刘孺人的爱巢。应父母之命，蒲松龄18岁娶本县文人刘国鼎的次女刘孺人为妻，两人相濡以沫生活达半个多世纪。暮年，身如残烛的蒲松龄仍要去参加三年一次的乡试，夫人见了说："不要去了，若果真命应通显，今已台阁矣！"蒲松龄听罢，呆坐良久，默默地点了点头，从此他放弃了一生执着追求的科举。几年后，刘孺人安然过世，蒲松龄悲痛之余写下了《述刘氏行实》，其文今天读来仍不免令人肠断，戚戚怀念之情溢于文中。两年后，他也半倚在老屋的南窗下安然而逝，走完了他穷困潦倒的一生。

我最早与蒲松龄及他的《聊斋志异》结下缘分，大概是在十二三岁的时候。那时我每天晚上都要去陪鳏居的祖父。一天，还没结婚的老叔不知从哪听来了两段《聊斋志异》里的鬼故事，回家后便兴致勃勃地给我讲起来。可讲完两段之后便没了下文，我瞪着眼盼着他讲下去，他急得抓耳挠腮，我说我从我外祖父家好像看到过一本《聊斋志异》。他一听兴奋起来，逼着我哪天赶快把书拿来。我没理他转过身去写作业，他却急得跟什么似的："你若把书拿来，我奖励你一双回力球鞋！"我听了这话一时来了动力，转了头问他："当真？""那当然，书到鞋到！"就这样，我跑回家便天天磨着母亲赶快去外祖父家找那本书。可母亲哪把这件事当成个事，事情一拖再拖，终于有一天我放学回家时，母亲从书包里扔给我一本已经没了封面，而且泛黄的旧书。看看扉页上的"聊斋志异"几个字，我高兴得差点跳起来。晚上我举着书屁颠屁颠地送到老叔面前，可他翻了几页便把眉头皱了起来："都是古文，看不懂啊！"我抄起书一看，果然。于是这本书便连翻也没翻就扔到了炕头再无人问津，当然我的那双回力鞋的奖励也就自动解约了。不过很快暑假来临了，我没事时便给祖父去看家。一个人百无聊赖时便操起这本书硬着头皮读起来，十几岁的小孩子一多半的字不认识，一多半的句子不理解，可我便在认识的和理解的字句之间去意会那些字句，久之竟也半半拉拉地能将一段故事读下来了，而内容大致能了解，这便是我读《聊斋志异》之初！

满井·墓园

在蒲家庄东几百米的地方，有口泉水涌流的水井名叫满井。据蒲松龄撰写的《重修龙王庙碑》记载："淄东七里许，有柳泉。邑乘载之，忘胜也。水清以渝洌，味甘以芳，酿酒旨。瀹增茗香。泉深丈许，水满而异，穿甃石出焉，故以又名满井。"蒲家庄在宋代时名叫"三槐庄"，因村内有三棵古槐而得名，明初时因这满井远近闻名而改名为满井村，至明朝末年，村内蒲姓人越来越多，所以又改名为蒲家庄。当年在满井的四周有高大的翠柳上百株，故此人们又称这里为"柳泉"。明清时期，井侧是一条由青州府通往济南府的古道，过往商贾行人络绎不绝，蒲松龄每至盛夏时便在井旁支一茶摊招待过往行人，听他们讲些各地仙狐志异的故事，为《聊斋志异》的创作搜集素材。

沿古道往东走，柳泉北面原有一座龙王庙，也叫满井堂，庙的西院原有"新建龙王庙碑"一块，碑文也系蒲松龄所撰。传说，蒲松龄的母亲生他时曾梦到有老僧入门，蒲松龄的父亲由此便出款修了此寺。这个传说无疑是后人根据《聊斋志异》自序中的内容演绎来的，这建庙的碑文就出自蒲松龄之手，而碑文中却未见其说，可见是讹传。

沿古道东行几里的样子，便是蒲氏墓地了。蒲氏墓地是座有几百年历史的老墓，内有古柏几十株。走进去古木荫翳，四下里枝繁草盛，加之几百年间存留下的一座座古墓散落在松林深处，竟真有一种《聊斋志异》中所述的荒冢野坟的味道。蒲松龄的墓在墓园西侧，松林的边上，封土高约两米，墓穴呈西南朝向。墓前立仿清雍正三年，同邑后学张元撰文的《柳泉蒲先生墓表》一块，以及新中国成立后建立的四脚碑亭一座。"文化大革命"后期，有关部门又在亭前立了一块沈雁冰题写的"蒲松龄柳泉先生之墓"的石碑。

关于蒲松龄的身世，一直以来有许多说法。其中一个说他是回族或蒙古族的后裔。他的祖上蒲鲁浑和蒲居仁曾做过元代般阳路的总管，后来因罪被元帝满门抄斩，蒲松龄祖上一支逃到了异乡的外祖父家，改姓杨姓，直到元朝灭亡才迁到蒲家庄改回蒲姓。而在这群古墓葬中就有蒲松龄祖上蒲鲁浑、蒲居仁的墓葬。历经几百年的风雨，蒲家故居除了经历了几次土匪的袭扰之后，便一直挨到了近代的 1938 年，因蒲松龄的十世孙蒲文魁参加了抗日游击队，结果日军没抓到蒲文魁，便一把火把蒲松龄留下的老宅给烧了。这是他故居遭受的第一次厄难，而他的坟墓则是在"文化大革命"期间，被一队红卫兵挥动大锤先是把墓碑砸了个粉碎，接着又刨开了坟丘，将蒲松龄的头骨抛露荒野，后来由他的后人又悄悄掩埋回去。内中陪葬的物品被洗劫一空，好在当时的故居纪念馆还没被"打倒"，于是纪念馆的负责人出面又找到红卫兵进行动员，几经周折终于把这些陪葬品又一一找了回来，也就是现在我们在故居展馆中看到的宣德炉、锡台灯、锡酒壶、锡酒杯、铜烟袋嘴、铜烟袋锅头，以及四枚印章。

当我站在蒲松龄的墓前，瞻仰这位中国"短篇小说之父"的陵墓时，内心有种恍如隔世的感觉。上大学时，随着各种文学、文化思潮的袭涌，对这位几百年前以文言书写仙狐鬼魅故事的老先生几乎忘记了，可在一次文选课上，讲文选的老先生的一番话却又一次使我仰慕起这位一生落魄的老人来。

一天，这位20世纪60年代毕业于清华大学的老先生讲《促织》一课时，把一本旧书也带进了课堂。讲完课一般他都要讲些与这堂课相关的文学故事。这天他带来的是一本《聊斋志异》，老先生说，我讲古今中外的文学作品都不用翻原著，十多岁时我就能整本地讲《三国演义》《水浒传》，但唯独讲《聊斋志异》不行，故事情节太曲折了，不论是哪篇，不翻一下原著就讲不下来！我听后有些愕然，后来尝试着做了下，果真如此。蒲公笔下的那一个个浓缩的故事，真的是一波三折，由此我再次从心底里默默地记住了蒲松龄和他的《聊斋志异》，而这次记住后就再没有忘记，为此，毕业时还专门设计了一幅《聊斋志异》的封面，毕业后的那个假期，自己还信誓旦旦地准备要画一部《聊斋志异》的插图，当然是用一生的时间，不过后来画了几张之后，因为觉得自己实在不是一个搞绘画的材料，便连同绘画都一起抛弃了！

聊斋园

聊斋园位于蒲家庄的村东，建于1987年，占地面积约2.4万平方米。聊斋园分为艺术陈列馆、狐仙园、石隐园、聊斋宫、满井寺、观狐园6部分。

对于现代景观实际上我是极不喜欢的，但聊斋园却是个例外。我第一次去时这里正晋升国家 4A 级景区，进去后才发现，这里远比故居有趣。先不说满井与蒲松龄墓都在里面，就是狐仙园、石隐园、聊斋宫等处就极有《聊斋志异》故事中的神秘、荒凉、幽隐的意趣。

"狐仙园"内建筑错落有致，小巧美观，更突出一种幽隐飘逸的情调。藤、萝、杉、松沿路、沿屋、沿湖处处植种。红墙青瓦之间满是绿色，石桥、矮墙因为年代久远早已是斑斑蚀迹，桥下的湖中满是睡莲，红的、白的在翠绿的莲叶、墨绿的湖水中微微漾动。回廊折处，在满是长松的掩映下一座石冢让人感觉狐的世界是那么孤寂。

"石隐园"紧挨着"狐仙园"，内中的建筑则侧重不拘一格、随意点化的风格，更显出一种荒芜与凄冷。这里的残墙与断屋忽然多了起来，且有烟火烧燎的痕迹，荒草无人打理便疯长得有一人高，遮住了半截残垣、半栋破屋。满处的枯叶落在短桥上、小河中，随流水飘荡，这里无处不在的荒凉，竟真让人感到阴森与孤寂。

"聊斋宫"建在墓地的南面，一座高高的假山，上面有石亭，爬上去后可一览全园。从地宫口进去，里面一声声凄厉的叫声传来，令人浑身汗毛倒竖。黑漆漆的洞内布有《罗刹海市》《席方平》《画皮》《娇娜》《尸变》等聊斋故事中的电动木偶，加之采用了各种灯光、音响、电影特技等现代科技效果，蒲公笔下的神鬼狐妖真好似跃然在你面前。

"满井寺"在满井与墓园之间，一座不大的小寺，第一次去时还是处破败不堪的庙子。第二次去时，香火忽然旺起来。立在门口的一块写有"福"字的石碑前围了不少的人。原来他们都在测算自己的福祉。测算的方式是退后10米闭上眼，然后伸出右手或左手一直前行，看最后摸到"福"字的什么部位，最好的是摸到"福"字的一点，然后依次按这个"福"字的不同结构，解释一生或许该有什么样的福运。虽然这只是个游戏，但人们还是都高兴地试一试。

一圈逛下来感觉有些疲惫，往回走时仍不忘狐仙园与石隐园中的那份幽隐与诡异的景致，于是便自然而然地联想起蒲公笔下那一个个生动而迷人的故事。

是的，《聊斋志异》的故事是迷人的，无论是何人，都会受到感染。据说，晚年的邓小平案榻之侧经常放着的就是一本《聊斋志异》。记得刚工作的第二年，所在学校的一个班因种种原因忽然闹了"暴乱"，几位女老师接连被这个班里几个捣蛋鬼气哭，男老师和这群学生的冲突也是不断，课基本上就没法上了。课上一群学生向老师做鬼脸、接话茬，老师只要一有过激的言辞，他们马上就抓住把柄告到校长那。每天上这个班的课，各任课老师都像是上刑场一般。我当时教他们的劳动和美术，万般无奈之下，有次我带了本《聊斋志异》上课去了。当课上不下去的时候，我便往讲桌前一坐，翻开《聊斋志异》冲着这帮捣蛋鬼说道："不讲了，先讲段《聊斋志异》故事，让大家轻松一下!"刚刚教室还像沸腾的油锅，这时一下子便变得鸦雀无声了，男女生都屏住气等着我开讲，于是我便从中择一篇给他们讲起来。书是岳麓书社的原版古文，这会得感谢早年硬逼着自己读《聊斋志异》的那段积淀了，当然时不时还会遇有不懂的字句，仍旧是按照意会讲下去，当然这时因为古文知识的积累，不懂的字句已经越来越少了。这样一堂课下来，到下课时这帮淘气鬼竟然还意犹未尽，伸着脖子等下面的故事呢。后来时隔多年，这群捣蛋鬼们已长成大人了，他们到学校去玩，竟还大谈起了当年我给他们讲《聊斋志异》的那段往事，没想到《聊斋志异》竟然会给他们的童年留下那么深的印象，这或许就是它几百年来迷人的魅力所在吧！

蒲松龄研究会

出蒲家庄的西门，不远处在杂草绿树的掩映中一所青砖、灰瓦、白墙的小院出现在路边。远远的一尊蒲松龄的石像映现在眼前。走近一看，一座爬满绿藤的小门旁挂着"蒲松龄研究会"的牌子。看到这个牌子，我一下子来了兴趣。因为不久之前，我写了一篇关于蒲松龄研究的论文，后来想投给全国唯一的一家蒲松龄研究的专业杂志《蒲松龄研究》，为此还给那里的编辑打过电话，没想到编辑部竟然就在这里！

穿过小门，因为是中午时间，小院显得很静谧。满世界的绿色将小院装点得绿意盎然。我站在院子里冲着前面的一排屋子喊了声"有人吗"，这时从中间的一间屋里传出个女人的声音。我走上前去，挑开绿色的纱门，屋里的光线很暗，一张桌子的后面坐着一位40岁上下的女人。我简单地自我介绍了几句后，女人很热情地招呼我坐下喝水，原来她就是《蒲松龄研究》杂志的执行主编王清平。坐定后，我和王主编聊了起来。王主编很善谈，关于蒲松龄的生平研究及《聊斋志异》的作品分析无一不精通。就这样，我和王主编在这间安静的编辑部内竟侃侃而谈了一个中午。最后起身告辞时，我提起我那篇关于蒲松龄研究论文不知可否投稿，王主编问了大致梗概后很认真地又进行了一番指导，回去后我便将稿子投了过来，也许是学术味太重了，最终稿子还是石沉大海了。

谈到此，我却想说，在开始从事业余文学创作的那段时间里，我越发对蒲松龄和他的《聊斋志异》产生了发自心底的喜爱，后来我的本科结业论文就是选择了蒲松龄的生平与作品分析，作为了论文的研究方向。

那时我正在一所偏远的乡村小学里任教。每天的课程很轻闲，于是可以有大量的时间去读书、写作。那段时间真是紧张而快乐的，每天上完课便是一本接一本地阅读与蒲松龄有关的研究资料和书籍。另外，我还购买了大量的西方哲学和中国古代哲学的书籍，尤其是关于精神分析学方面的书籍，对这篇论文的论点起到了关键的支撑作用。前后大概用了半年多的时间，我系统地阅读了所有的有关蒲松龄的生平资料与《聊斋志异》的大部分研究论著，当时光是笔记就做了好几本，结果要求八千字的论文，我竟然写了两万多字。拿着厚厚的一本论文，我当时心潮澎湃。这次论文写作，我对蒲松龄及《聊斋志异》做了一次系统而完整的梳理与总结。

我与蒲松龄的缘分可以说不为不深，但也未达到像那些粉丝们所具有的痴迷程度。我喜欢蒲松龄那一生的执着与坚韧，更喜欢《聊斋志异》中那动人、凄美的浪漫故事，这两者相得益彰，不可分割，可以说人与书是一个统一的整体。随着年龄与阅历的增加，我对蒲松龄的理解与喜欢也在不断地加剧。年过不惑，经历的风雨多了，心境似乎也与蒲松龄更加接近了，也更能理解他在文学创作当中的那份情感——"志异书成共笑之，布袍萧索鬓如丝，十年颇得黄州意，冷雨寒灯夜话时。"这太过凄冷的心境，每每读来让人内心总是感觉一阵瑟缩，所以，相比之下还是王渔洋笔下的先生形象更富人间烟火——"姑妄言之姑听之，豆棚瓜架雨如丝，料应厌作人间语，爱听秋坟鬼唱时"。

山居·山人

山居

　　太阳从水库的西边掠过波光粼粼的湖面、堤岸和丛生的荆棘，映进眼帘时已经显得很是无力了。那一度咄咄逼人的强势和火辣辣的热度早已颓废得不成样子，那落寞的光线最终摔打在身后山坡的草丛中，温暖中却让人不免感到一丝凄凉。我和我的摩托车的影子被斜斜地拉成长长的一条，重重地嵌进路旁的荒草之中。

　　十几个小时的骑行，从喧闹的城里抽身一步步地出来，直到这时才从心里感受到了什么叫作宁静。阳光铺满了周围矮矮的山坡，一条麻绳一样的小路就从脚下延伸进草莽之中，若隐若现。在路的尽头是山顶上的一座孤独的农家小院。那院落就那么孤零零地坐落着，不着任何边际。红的砖、灰的瓦都是北方农村常见的那种，俗得那叫一个司空见惯！

　　我把车停在山脚下，撩起头盔，眯了眼想尽量回忆一下去年来这里时的情形，闪现在脑子里的是满院的树还有花草。一条竹篱笆在菜园子下面逶迤前行，四五群追来追去的小鸡，再有就是那对质朴而热情的店主夫妇……

上到坡顶，迎来的依然是那条黑狗，站在人面前只是叫却不敢过来。斜斜的阳光照在狗身上，泛起一层蓝幽幽的光。随着狗的吠叫声，从院落里跑出来的依然是去年的女主人，她一边喊着"去，去——去"驱赶着狗，一边在我面前让开了一条道。下了车还没等我说话，女主人已经赶到了我的前面。她的头还是有些羞赧地低着，手底下却麻利得像生了风。"今年又去哪玩了？"她低着头冒冒失失的一句话竟把我问得一愣，而她手底下却依旧忙着帮我卸包，丝毫没有意识到我的意外。"我认识你，你去年来过这里！"说那话时她的眼睛依然是不抬的。我笑了起来，去年的记忆没想到在异乡竟存进了一位萍水相逢的村妇的记忆中。

小院还是那么闲适、自然，自然得连道围墙都没有。只有几段形同虚设的篱笆在眼睛里偶尔跳闪出来，一群不羁的鸡穿梭其间，像是在玩孩子们经常玩的皮筋。绿从院子里一直连绵不绝地连向远方的群山，并迅速地漫延到整个世界。所以在这里最孤立的是人！东边屋旁的一块水池旁睡着一条狗，狗旁边的藤椅上睡着一个垂钓的男人，不知他们来了多久了，也不知他们还要在那里安静地守候多久。

放下东西，女主人就在厨房里喊上了："小伙子，看看晚上吃什么？"我跑过去，看到屋里的一只大水缸里养了不少的鱼，地上堆着刚刚从园子里摘下来的蔬菜。"清蒸一条鱼吧！到了水库了，不吃条鱼总是连自己都对不起。""去年我记得你要了一盘炸银鱼，今年要条清蒸？"听她说话，我是真的佩服她的记忆力，或许她一年中周而复始地只会接触到那么几个人，日出而作、日落而息地经历那么几件事，不像城市中的人整天生活在像飞轮一样的生活中，活过今天想想昨天都像是过了一年似的。说着话，水缸里一条武昌鱼冒了上来，我说："就来这条吧！"说着话，门口藤椅上的男人忽然站起身，慌乱地起着竿："咬钩了，咬钩了。"身边的狗竟随着也兴奋地站起身叫了起来。只是一回头的工夫，女主人已经从水缸里把鱼捞了出来放在了菜板上。"时间还早，没什么事你可以去东边的果园里摘点杏，这个节气杏下来了！"听了主人的话我端了只大瓷盆便出了院子。

实际上，果园与小院早已连在一起了。暮色下的园子显得那么宁静，林子不大却看不到头，里面野草萋萋，鸡鸭相逐。杏已挂得枝头哪都是，因为主人没时间摘，所以掉得地上哪都是。不大工夫我便摘了一小盆，蹀下山坡，前面一座大山拦在那里，远方的视线便被挡了回来。回首观看果园和小院竟在暮霭中变得朦胧了。

女店主将饭菜端到了我的小屋里。一张方桌，几样农家的饭菜。有酒却是乡下的土酿，倒上一杯，独斟独饮非是为着入口的那口辛辣，真正是欧阳修所言的"醉翁之意不在酒，在乎山水之间也"。抬眼即可看到窗外那连绵的山色，心胸立即为之一宽，辽阔总能让心中的块垒顿消，而那宁静的山色又总是因着人的在意而投怀送抱地款款而来，于是便在这异乡的荒山野店中调剂出一种淡然的情愫来。酒愈发有味了，就着清蒸的湖鱼，真正是乡情四溢，野菜粗得难以入口，可咀嚼着心里却想："这或许也是一种难得的人生体验呢！"

院子里的果树绿意正浓，远山的暮色已蹒跚而来，有雾气在山间弥漫。不知什么时候桌上已是杯盘狼藉，可夜色却已不请自到了。院里的灯火亮了起来，暖黄的光淡淡地铺满小院，窗外的苹果树竟被映成了像塑料一样的翠绿色，倒影深深地印在水泥甬道上，于是小院里到处树影婆娑。站在小院当中，远山已是一片片黑黛色的剪影。东侧小水池旁一盏挂在树上的灯泡将水池圈出一圈昏黄的光影，狗及藤椅上垂钓的人还是那副姿势静候着，只是在他们身旁的大槐树底下多了一桌饮酒的人，个个光着脊背，话语时高时低，时长时短，断断续续的，听不真切，像是喃喃自语。钓者是钓者，饮者是饮者，两不相碍，钓者自是沉迷于自己的钓饵之上，饮者则执着在自己的杯盏之中。不远的屋檐下店主夫妇正在默默地忙着第二天的活计，那竟是三不相碍了。只是圆圆的一盏灯火是统一的。夜漂洗去了诸多尘世的杂沓，此刻还原给了这个世界一幅最为简洁的宁静。

看看天越发黑了，回到小屋，躺在农家的土炕上，感觉到身子像一片纸一样的轻飘，不知何时便沉沉地睡去了。半夜时因为口渴忽然醒来了，窗外的灯火还在昏沉沉地闪烁着，树影依旧婆娑，但静却是加深了，加浓了。从远处的山那边的国道上不时地传来阵阵过路的汽车声，轻飘飘的，时有时无，那仿佛也成了一种山村的静……

听着这山音，眼睛又沉了起来，朦胧中耳边却有声音进来："山里冷，注意别着凉！"眼睛忽然湿润了……

山　人

密云水库东堤下的公路两旁，随处能见到一座座养蜂人的帐篷。往往是在路边一块不大的草地上，绿树掩映之间一座大大的军用帆布帐篷就支在了那里，帐篷的门帘总是撩起的，里面黑洞洞的。帐篷旁边有时会立着一辆破旧的摩托车，若是有女人、孩子的帐篷，就会从旁边又多出一条铅条来，上面挂满了晾晒的衣服。然后就是在帐篷四周的草地上，散落着几十乃至上百只木头蜂箱。远远地看上去，俨然就是一处静谧的农家院。只是轻易看不到人，所以这道移民风景仿佛从不需要任何磨合便轻而易举地与本地的山、路和谐地融合成了一道。

那由一箱箱的蜂组成的世界，该是一个什么样的世界呢？那黑洞洞的帐篷里又生活着怎样的人啊？就这样，一路上那一座座从身边飞掠而过的帐篷始终苦苦地引诱着我，只是因为忙着赶路所以没有时间走进这群养蜂人的世界之中去探寻个究竟。于是这一路便多了一处处倾心的风景时时拂掠在眼前……

从古北口去黑龙潭的路上，终于有时间可以停下来去做一次短暂的探寻了。于是在一条小河与矮山相夹的灌木丛地带，我走进了一处养蜂人的帐篷，并与一个朴实的汉子度过了多半个下午的时光……

问过了养蜂人的姓名，可总是不大能记住人名与数字的我，到如今除了能回忆起一张瘦削的脸之外，其他的便什么也想不起来了。

我走过去时，养蜂人正坐在帐篷口的一张小桌前用木棍一滴滴地采集着蜂蛹。黑洞洞的帐篷在他背后像一口山洞。我和他打了个招呼，养蜂人冲着我却只是微微点点头，便又一丝不苟地做起手里的活来。我在他的身边蹲下身去，他好像并不在意我的到来，也许是无暇顾及，还有可能是本来也没有什么可顾及的。于是在绿树掩映的这块野地上，我随适地问着，养蜂人随适地答着，偶尔有蜂来打扰但只是一掠而过，扑鼻的山花与青草的香气感觉让人神清气爽。

　　养蜂人是离此地不远的滦县人，干这个行当已经将近三十年了。听上去像是一段很漫长的时间，而他就是在这段漫长的时间里始终厮守自己的那一箱箱蜂，同时还有一份孤独。他一年的收入也只有三四万块钱，不是很多，可养蜂人好像很知足了。从他那气定神凝的样子看得出，他已经将这份职业沉积成了一捧肥沃的泥土了，并将自己的生命深深地扎根于沃土，不断地给自己提供着生命与生存的养料。

　　提到他每日的工作，他会低着头滔滔不绝地讲个没完。从采蜜到育蛹，从采王浆到选蜂址，几十年的经验真正是厚重如山。他说一年之中实际上只是干七八个月，冬、春季就在家干点其他的农活，贴补家用。和大多数养蜂人一样，他也没有把老婆孩子带出来，只是自己孤身一人在外。我抬头往帐篷里面看了一眼，黑漆漆的帐篷里零乱得难以形容，一张简易的行军床，剩下的就是生活用品和炊事用具。在远离村镇的荒野，他们的生活是可想而知的。水桶里只有半桶水，大概都是用旁边的一辆电动自行车从不近的地方驮来的，另外还有一箱奶和一箱方便面，几把挂面。最里面是一只煤气罐，没有电灯和电器。在他的床上扔着一只旧收音机，这或许是他打发漫漫长夜的唯一寄托吧！三十年的时间，难以想象，在这荒凉的"部落"里他是怎么挨过来的，或许那份艰辛与孤独只有他的蜂知道吧！

养蜂人依旧在有条不紊地采着蜂蛹，那循规蹈矩的操作看了简直要令人发疯，可他的手指却在那一排排的蜂格板上一刻不停地操作着，像输了程序一般，而且每个手指都饱含着激情。对于我这个冒冒失失闯入他生活的陌生人，他好像没有半点好奇，始终连正眼都没看过我，更没听到他问过有关我的半句闲话，我对于他或许就像过路的蜂一般吧！这或许就是他生活的本色，对于他来说，长久的孤独或许已经成为一种习惯，随遇而安，无欲无求！

养蜂人的活终于干完了！他直起身，因为坐得太久身子晃了几下，勉强扶着帐篷站稳了，他冲我笑笑："岁数大了……"然后便晃悠着身体向帐篷外草丛深处的蜂箱走去。一大群蜂"呼"的一声飞起，又落下，养蜂人伛偻着身子一块块地将蜂板插进蜂箱去，然后再起身，向着远处的树林走去，那里还有几只蜂箱。那一刻我忽然感觉他的背影是那么寂寞，踽踽得像是山间的一棵毛栗树。我远远地注视着他，看看时间似乎要离开了，想着总该和他打个招呼再走，可话到嘴边一时竟又噎住了。这静谧的草地啊，我生怕我的一声喊会惊破了它，惊破了养蜂人那份沉静了三十年的生活。算了吧！本就是个过客，就是个过客吧……

美哉，109 国道

对于一个"驴人"来说，在路上玩味的就是一种情调。慢慢的，这种情调会调剂出一种激情，使你对路途越发地充满了爱，像一首歌里唱的——"因为爱，所以爱"。那情感来得是那么自然而然，没有矫饰也不需要任何的理由：匆匆而至，深深驻留。也正因为这样才会使旅途更加绚丽，使我们更欣喜于路上的一切已知与未知……

当我站在109国道的山道上眺望远处的幽谷时，那一刻我的心好像忽然被蛀空了一般，一种空灵的感觉一下子将山与我拉得如此之近！呐喊一声，声音在山谷回荡。那漫山崖的红叶，总是让人不由自主地想起杜牧的那首诗："停车坐爱枫林晚，霜叶红于二月花。"是啊，路途之中的美景总是等待着会欣赏它、赞美它的人去留恋。羡慕古人的闲适，他们在那么原始落后的条件下仍能不忘自然，不忘去走进自然、欣赏自然，而今天的我们呢？似乎早已在历史的"沉淘"中失去了太多欣赏自然的雅兴与耐心。什么都是快餐似的，匆匆而过，匆匆而过，也不知究竟都匆匆做了些什么？停好摩托车，择一块山石静静地坐下来，我发现即使用片刻的时间来守候一下你生命中那道偶遇的风景，竟也是那么的惬意……

就这样，这一路上的红叶陪伴着我慢慢地行走了一天，就在这人迹稀少的 109 国道上。若有若无，若断若续，在不经意间它们出现了，可又在不经意间它们却不知跑去了哪里？有时面对空谷，任凭山雀空啼、梵音回荡，那整片的红叶静默地在悬崖边悄然挂立，无欲无求。有时在大湖的一侧，那红叶又像是幔帐一般整整挂满了一崖，艳丽地在斜阳中抖动着那媚人的红，闪烁着簇簇的斑点，任山风吹掠，无动于衷。壮哉，109 国道；美哉，那漫山的红叶！

一

山里的朝阳是那么直烈，一束光照过来已刺得人眼睛睁不开了。空气略有些潮湿，但那沁人心脾的清新却使人感觉格外清爽。鸟在山林间啼唤着，远处的群山在初升的阳光中泛起暖暖的黄调。一个新生的早晨开始了，我也迎着这朝阳上路了……

刚刚出山，来到一个镇子里还没走多远车子便"噗"的一声——趴架了！好在不远处就有修车的，一会工夫就搞定了。后面又接连出了几次小的故障，好在有惊无险。摩托车出行不懂修车，真是种冒险，这对于我真有点像碰运气似的。后来，回家后谈起这次出行，有位朋友说，"你胆真大，一个人出行车真坏在山里怎么办？"我想了想说："这个我没想过。不过，玩'摩行'的要是没点刺激，还玩个什么劲？"

修好车，便开始进山了。山路在山间不断地回旋折转，但还算平缓。越过两道山梁，森郁的山路被一股脑地抛在了身后。阳光照了进来，柔柔的，无所不在！车子的一边高山伫立，另一边不知什么时候忽然有了流水声，潺潺的，有气无力的，就在路底下。拿出路书来我才惊觉，这条干瘦的小溪竟就是北京的母亲河——永定河。于是那一上午，我都依傍着这条粼波细碎、瘦小枯干的溪流，慢慢地在大山之中行走。直到现在回忆起来，那记忆中还满是一路的阳光！河在瘦小的时候好像永远像条善变的猫，跳来跳去地追逐在人的左右，当你不高兴时它便跑远了，闷声闷气地踽踽独行；待到你欣赏它时，它便又讨好地凑过来，戏谑地陪着你一路走着、玩着。永远不像有些狗的脾气那样令人讨厌，它的温存总是带着一些无赖气，赶不走了便一下钻进你的眼睛里，永远做个斑记留在记忆中……

二

在一个叫青白口的村子穿行而过的时候，忽然看到路边一条带有"抗日展览馆"字样的横幅布标。停了车下去看看，却是一家农家院。院子里正在施工盖着储存苹果的地窖。一个五十来岁的壮实汉子见了我，便迎了上来。我说明来意，汉子便爽快地领我进到展室里。说是展室，实际上就是一排西厢房，屋子里展品不多，但展馆内容却相当翔实，虽只是一个村的展史。里面竟有原北京市长焦若愚的题词，据说当年他就曾在此地战斗过，另外还有《青春之歌》作者杨沫的复信。农家院的主人很善谈，谈到他的创馆初衷是由于父亲便是一个老革命，后来因为家里种植的苹果不好销售，所以父亲便想出了这么个办法：一是可以抢救一下当地的革命文史，二是这里作为当年平西抗日根据地的一部分，许多在京的老同志都曾在这里战斗过，所以这也是一条重要的人脉，办起这个展馆很有可能会给苹果带来销路。汉子就是个朴实的农民，说话当中不时带出一些的牢骚，先是说自己的展馆最近被定为县里的爱国主义教育基地，可经费却没人管。自己申请了好几次了，县里的答复是如果要经费就将展馆移交给县民政局，否则没这个政策。汉子说到这，颇为愤愤。我安抚他，"政策就是政策，人家说得也没错！你本来建这个展馆也不是为了图那两个小钱，何必跟他们较这个真呢？"他想想不说话了……随意又转了转，看到厚厚的留言册和各种赠旗，给我的感觉是汉子将这个展馆办得还是有声有色的。就是这么个小小的农家展馆的留言簿上，最远的竟有从天津大港来此参观的人留下的赠言。最近，《北京晚报》也对此进行了报道，真是好酒不怕巷子深啊！

三

怀着万分的仰慕之心到了这个名不见经传的地方——爨底下。这里给人的第一感觉是高档，第二感觉是华丽，这就是现在许多地方开发旅游造成的结果。一块破瓦，值钱就值在这个破上，你非给它镶上玉，镀上金，再补上块玛瑙。你说这最后成什么了？

灰屋灰瓦，白影壁。可翻新过的房舍，除了"古"无论如何也看不出个"老"来。树是有些年头了，参差不齐地长在村子的各个角落，也许这才是爨底下最正宗的"土著"。无处不在的是影壁或橱窗里那个大大小小的黑体"爨"字。这个字据说是这个村子的独创字，像武则天给自己独创的那个"曌"字，而如今这个字——倒成了这里的一枚商标了。这地方的声名远播是因为甄子丹的《投名状》在这里拍摄过，于是之后各种影视拍摄纷至沓来。爨底下以它那保存完整的古村落让世人眼界为之一新，于是尾随着影视公司后面追踪而来的是大批的游客。

爨底下的景致没有激起我任何的兴趣，倒是一帮来此写生的学生给我带来了不少的快乐！因为也曾浪迹在绘画圈子里好几年，所以看到了颜料与画布便有种莫名的冲动。终于忍不住在一堆学生面前停了下来，兴致勃勃地指手画脚了一番，谁知竟引得这帮孩子"仰慕"，于是不献上两笔就想走是不可能的了……孩子们因为是刚刚入门，对色彩写生还一窍不通呢，围着我竟像遇到了世外高人一般。一下午的时间过得真快，仿佛一下子又回到了和他们一般大的年纪，以及那个年纪和他们做过的一样的事情！生命有时在一个地方莫名地停驻一下的话，真的是很有趣的，像倒转又像是停止了。

四

重上了 109 国道，沉静的感觉一下子从四周包围了过来，那是一种傍晚才会有的沉静。白日的喧嚣连同夕阳一起被远远地抛到了山的那边。落日的余晖、如镜的湖水，苍山连绵、红叶相随，真是美哉！可骑行在山道上，被傍晚的山风一打，不禁打起了寒战，我感觉有些不妙了。于是马上停下车，立即从包里找了毛衣套上。当我朝着大山深处骑行而去之后，温度迅速降了下来，直到最后冻得我在车上不停地打起哆嗦。看看表才五点多。坚持，再坚持，当山光变得越来越暗淡之时，看看车的里程表，我不再抱有今天能赶到金河寺的任何奢望了。必须马上找家旅店，再这样骑下去，我怀疑我连油门都要拧不动了。可看看路边的路标离此最近的镇子也有 60 公里，这个距离不算很长，可对于我来说已经像是漫漫天涯路了，除非骑一会就停一会，好暖和一下快冻僵的身子。可自从进山之后，随着山势的升高，我发现我的"坐骑"也不听使唤了，油门拧到头时速也只能保持到 40 公里的样子，后面再拧始终是软绵绵的。这还是我出行七八次以来第一次出现的现象。就这样一边走，我一边担心，这"家伙"会突然半路熄火吗？因为以前我的车曾有过因机器过热而熄火的例子。不过这次可不一样，深山老林里又是傍晚了，路上基本看不到一个人，真要是抛了锚，上帝啊——顺盘山道推车上山估计是不可能的，前不着村后不着店，那结果可能只有一条——冻死在这深山里！万幸的是，正在我七上八下地胡思乱想时，转过一座山头，眼前忽然一面豁然，上帝啊——我终于安全地钻出了这片大山！就在我快出山时身后两辆宝马车一前一后开了过去。"真是好东西！"我在心里不觉暗暗地赞了一句。再比较我的"瘦马"，真是自惭形秽，本来对自己的这驾坐骑挺满意的，可这一货比货，真好比良驹一下成毛驴了……

好歹下了山，刚好有一个小山村在半山腰。可凭经验这地方是不可能有旅馆可住的。随便问了一个人，他说："你顺着这条小路往里走，里面有一个还没开发的旅游区，那里可能有地方住。"我听了别提多兴奋了！

<h1 style="text-align:center">五</h1>

呈折尺形排列的两排灰砖房子，就建在小山村边上。进去一问，果然这里只是个旅游筹备处，叫大林场。经我好说歹说，筹备处的工作人员总算同意我住上一宿了。一个脸上长了一颗大痣的女服务员非常热情，而且极有农民的那种纯朴厚道的本性。她给我找了一间房，还好挺干净，只是屋里有些阴冷。随后她抱来两床棉被，还带来一个电热毯。说晚上冷，这些都得盖上。我有些惊愕，可后来的事实证明确实如此，在平原这个季节还是穿短袖上衣的时候，而这里一早一晚已经是寒冷如冬了。晚饭我和他们吃的一样，洋葱炖的豆腐，做得很难吃，但这伙食可以让我已经冻得冰冷的身体立即变得暖起来。饭后，我又向大林场的工作人员要了半瓶白酒和两瓶啤酒，一起灌了下去，头变得晕了，一天的寒冷与疲乏便感觉缓解了许多。晚上没有电视，最要命的是小便，得穿上衣服跑到外面的公厕去，偏我又喝了两瓶啤酒，这下就热闹了，一夜跑了几次公厕我都记不清了。不过我还是要感恩于这家"小店"的工作人员，如果那晚他们不收留我，我不知还要赶多少里路才能找到旅馆。

那晚出来方便，看看天上的星星真是明亮，天非常蓝，像是透明的一般。这也是种享受吧，在城市里是根本不会看到这种天空的。远处不大的山村，依然保持着它最原始的状态，夜色中灰黑的土坯房，灰白的柴草垛，星星点点的灯火从一个个小屋的窗子里透射出来，与天上的星星相呼应，偶尔会传来一两声狗叫。那一刻我站在黑漆漆的夜下，忽然有些感慨，我不知这份人生的经历有几人曾有，也不知我这一生是否还有机会重新经历，或许没有了吧，或许有，但即使有恐也早已是物是人非了，所以——珍惜吧！

涂满泥浆的古迹

　　走在蔚县的土地上，凡是历史车轮曾经碾过的地方总是给人一种灰塌塌的感觉。不论是泥坯垒就的房屋，还是青砖青瓦砌成的寺阁，甚至是木头窗格子与屋檐下的椽子也被侵蚀得像是被包上了一层厚厚的泥浆，如刚出土的文物一般。或许正是这种天然的伪装，才最终保护了这么多的古老遗迹，或许这就是蔚县历史文化的特色：与大地浑然相接，与久远的历史默默贯通……初夏的一天，我走进了蔚县的重泰寺、北方城、玉皇阁，一下子就被这些地方那份古朴与沧桑深深地吸引了。回来后的某天晚上，当我坐在电脑前翻看那一路拍下的照片时，内心忽然生起了一种简约而深沉的宁静，在那份宁静中不知不觉我竟仿佛回到了那古老的 16 世纪……

幽　寺

　　重泰寺在蔚县县城的西北部，"据守"在一块突兀的黄土塬丘上。塬丘下面是一条干涸的河床，由西北而来，在塬丘下面被分成两条，一左一右夹击而过。河名砂河，如今在地图上已找寻不到了，因为那滔滔的流水已成为一个很遥远的记忆。在风雨的冲刷之下，河两岸的塬丘被"勾勒"出数不清的沟壑。而那一块块被磨蚀得斑驳不平的土崖，既是岁月走过的足迹，也是天地的神奇造化。

傍晚的日光已不是那么强烈了，但被那铺天盖地的黄土稍一映衬还是增加了一层亮度。河床的左边有一片白杨，即使无风的时候那满树的叶子仍会唰啦啦地响个不停，于是站在蒸笼一样的河床之中便有一丝凉意从心底生起。仰头向上寻找重泰寺，可直上直下的黄土崖壁却一下子挡回了我的视线。没有上塬的路！我们在河底绕着塬丘寻找，终于在南坡下找到了一条羊肠一样的小路。

上到塬顶，一下子有了一种辽阔的感觉。塬顶平坦得像一块开阔的大平地，丝毫没有了塬底的那种起伏跌宕的感觉。极目远望，一列大山横亘在并不遥远的正北方。在大山的前面是一块块像我们脚下这样的黄土塬丘，被雨水纵横交错地切割成了一块块。那感觉，像是置身在陕北的黄土高原。

前面不远便是重泰寺了，一圈单薄的围墙搀扶起一座不大的门楼。与许多金碧辉煌的古刹相比，这山门实在是显得有些寒酸。西来的日光因为没了遮挡，在这高高的塬丘之上一股脑地堆砌在西侧的围墙上，显得有些耀眼。山门的对面是一座戏楼，因为无人修缮残破得已濒临倒塌。这种建筑格局在蔚县好像是约定俗成的，无论是村堡还是寺院、府衙，门前一定要有一座戏楼相伴。或许，闲暇之余看场戏便是蔚县历代先民最大的精神享受了！

西来的晚风，吹动身边的松树，松针摇晃。四下里升腾起无边的宁静，山门是锁着的，而且已经锈迹斑斑，定是少有人来打扰的缘故，"当家人"已忘记了开启这山门迎请那槛外红尘的喧嚣了。看到西墙根下有条踩出来的小路，我们顺着路一直走下去。围墙上的墙皮已经一块块地剥落了，露出黄色的泥坯，因为雨水的冲刷，下半截的砖基竟被泥浆包成了一块块土坯的样子。这或许便是重泰寺的古老吧！多年来走过很多的寺院，古旧大小都有，却真的少有这种半泥筑的建筑，或许有，只不过少有保存下来的。

寺院进出的门开在西侧的院墙上。从西偏门进到重泰寺，才发现这座寺院虽说有些破落、狭小，可那布局透露出一种高格来。

相传重泰寺建于宋辽时期。当时连年战乱，辽国的一位太子因厌倦了这种杀戮与征伐，于是愤而跑到重泰寺出家。明朝弘治年间一个叫真慧的和尚对重泰寺进行了修缮并改名为"三圣寺"，后来到了嘉靖九年（1530），山西潞城王为避仇杀躲到了重泰寺并对其又一次进行了整修，之后正式赐名"重泰寺"。

这座坐北朝南的寺院，依旧沿用中国传统的左右对称式的建筑格局。沿中轴线，依次是戏楼、山门、弥勒殿、千佛殿、地藏殿、释迦殿、三教楼和后禅房。这么密集的殿房都挤挤挨挨地铺陈在近一万平方米的土地上，这不能不让人有一种局促的感觉。

寺院的大殿与两边院墙之间的距离很是狭窄，以至于最后挤成了两条胡同的样子。寺院由此更显清幽，西来的阳光被院墙挡去了一半，水一样的阴影便覆盖了大半个院子，而裸露在阳光下的那少半面院子却在黄土的映衬下显得更加明亮了。院子里看不到人，唯一的响动是那山野的风，肆无忌惮地在寺里窜来窜去。有时吹得院中的松树发出沙沙的声响，有时吹得千佛殿、地藏殿檐下套兽嘴中叼着的铸铁风铃叮叮当当地响个没完。落日之下，那清脆的铃声莫名地忽然让人感觉有种淡淡的禅味在回绕，穿透了无边无际的清幽一直停留在心底。释迦殿是寺院的主殿，虽说与那些名刹比起来，实在是算不上巍峨，可单檐歇山布瓦顶、前出抱厦的建筑造型，还是让人感觉一丝庄严。释迦殿背后是重泰寺建筑的高潮——三教楼！二十二阶砖砌的台基上，一座硬山布瓦顶的单楼高高在上俯瞰全寺。楼檐之下透雕着精美的飞龙，虽说正脊、边脊上的张嘴兽、合嘴兽，脊梢的吻兽都被重新修葺过，可那份浑然一体的"土色"染就得陈旧依然。三教楼内供奉的是佛祖释迦牟尼、孔子、老子。站在三教楼的台阶前，全寺一览无余，一片片青灰的屋顶接踵而去，远处黄土塬丘上的沟壑纵横勾连，绿的田地点缀其间，一种空旷感油然而生。

最后一排是禅房，因为缺少修缮已经残破得不成样子，檐下的木椽子，早已褪失了原木的本色，那木头上一条条龟裂的木纹注释了它的古老。木格子窗户上的油漆早已剥落，衬着土灰的屋墙，好一副破落的样子！据说这排禅房在当年重泰寺极盛时期与释迦殿两侧的配房，都曾住满了僧众。而两侧的东西角院，右为僧人的方丈，左为道士的丹房。香火最盛时，寺里曾驻有方丈、道长各一人，统理寺内的僧道两众，最多时有徒众六十多人。

来时曾听一"驴友"说，寺里有一老僧，修行极好，慈悲旷达。可在空旷的寺内遍寻了四处也找不到当家和尚的身影，失落之余只好悻悻而归。走到观音殿时，忽然一阵清脆悠扬的钟声从前面的钟楼传来，那静寂的寺院便有了回音。钟声在傍晚时分有些沉重，可那沉沉的余音还是轻佻地绕出了寺院悠扬地在塬坡间回荡。静，从寺内破碎到了塬坡，从塬坡又散落到了田野，又从田野回荡到远山……那钟声是安逸的，自由的，在这莽荡的山塬间穿梭不羁，余音袅袅。"归路茫茫春雨后，钟声十里人斜暸。"因着这份荒凉的空旷，那传说中的挑水武僧凭脚力能追赶上这暮钟的余音，又有什么新奇？

　　重泰寺的壁画有名，据说是古物，但最有名的却是五百罗汉堂，清代时便有官宦文士们专门为此前来拜谒，可惜的是那"五百罗汉"大都毁于"大炼钢铁"的年代。重泰寺历经沧桑依然能"续佛烟火""存道于世"，不能不说是后人的福祉。究其因由，有人认为它据守的地方太偏僻了，因为人迹罕至，所以得以保全。可我想这个说法有些偏颇，自清末到"文化大革命"以来，那山旮旯里的庙子尚且在劫难逃，何况这只是被举到半空中的重泰寺了。看着那淌满泥浆的墙壁，让我忽然想起《庄子》中的一句话："山木，自寇也；膏火，自煎也。桂可食，故伐之；漆可用，故割之。人皆知有用之用，却不知无用之用也。"这重泰寺，朴实得就像是一位满身沾满泥巴的农民，你对它生不起任何的非分之想。那紧凑的格局，让你感觉虽说气势不弱可就是一处小农之家，没有一丝一毫的张扬外泄，所以庄子说的"无用之用"可能正是这寺院得以保全的原因吧！

古 堡

北方城是城，也非城。严格地说它只是座村堡，但因为有城池的格局故此称它为城也不为过。

这是座明代万历年间修建起来的村堡，在蔚县的正北方向，因村堡呈方形所以称北方城。与之对应的还有东、南、西三座城，不过因年代久远大都已湮灭在历史的长河中了。而这四座"城"也只不过是蔚县八百座村堡中的一粒沙而已。随着历史车轮无情地碾轧，20世纪80年代统计时据说蔚县还有三百座古堡，而近些年已只剩下一百多座了，而这北方城是残存的一百多座古堡中保存较为完整的，故此也成了现在人们窥觑历史的一面镜子。

北方城只有一座城门，即南堡门。站在南堡门的脚下，因为门前的地势不算宽广所以只能仰视城门。青砖垒就的城门保存得比较完整，拱形的券门之上有黑色的扇形匾额一块，只是字迹已无影踪，取而代之的是上方"北方城"三个水泥字。券门之上没有城楼，只是修筑了一圈女儿墙。城门两侧的卫城略向前探出，但只形成了瓮城之形而未有瓮城之实，所以从规格上说北方城便只是座村堡而非城池了。因为没了城楼的坐镇那光秃秃的城门也就说不上巍峨，可那森严的垛口还是让人联想起当年塞外铁骑兵临城下时，炮矢横飞的景象，凹凸不平的墙面上不知曾洒下过多少鞑靼人的鲜血。

北方城是村堡，蔚县的村名多以堡取名，若从字面理解，这庄名中便有了御敌的含义在里面，实际情况也确实如此。将村庄都纳入军事防御体系，这首先与明朝初期的政治中心北移有关。朱棣迁都北京之后，黄河中下游的政治军事地位陡升，随之经济文化迅速发展起来，于是西北的鞑靼、瓦剌等游牧民族便经常越过长城大肆劫掠，由此帝都震动，边民受掳。于是从明初开始，大规模的修建城防与屯军戍边便在长城一线展开。到明中期，终于形成了"屯兵带甲四十万，据大险以制诸夷"的"九边"防御体系。而蔚县便是这"九边"中的一环，因为它恰好处在"京师肘腋，宣大喉襟"这样一个战略要冲的位置，几乎每次游牧民族南下平原，蔚县都成了他们必破的一处关隘。与此同时在明王朝的鼓励下"战时为兵，闲时为民"的全民共同防御体系在蔚县及周边地区也展开了，蔚县的八百村堡便是在这样一个大背景下建成的，而这些城堡中既有官方斥资兴建的大型"官堡"，更多的则是像北方城这样的小型"民堡"。

　　走进北方城，一条宽阔的南北大街直伸北方，这条街也是全城的中轴线。在这条中轴线上还有三条横向的街道，这是蔚县地区典型的"丰"字形城镇布局。街道两侧是一家家或是齐整或是残破的四合院，可不论"残破"还是"齐整"在岁月的侵蚀下都是一副灰塌塌的样子。一面面土墙被冲刷得成了一座座土丘，在包满泥浆的砖基上"苟且偷生"，在无人管顾的历史长河中只能"抱残守缺""相依为命"。院墙可以苟且，但那一个个门楼却没有一栋是粗制滥造的，蔚县人看重"门脸"，所以无论穷富贵贱，每个门楼都是昂扬的。硬山布瓦的屋顶朴素而凝重，青的砖，青的瓦，虽无吻兽装饰，但正脊一定笔挺，帽檐一定厚重。历经风雨的摧折，许多的门楼已经破败了，有的裸露出橡木，有的塌陷了屋瓦，但那当年的"风韵"大多犹在。走上一圈，整个北方城显得有些荒凉，到处荒草丛生，一处处残垣之内便是一座座濒临倒塌的老屋。黑洞洞的窗口布满蛛网，蒿草漫过了窗台，像是《聊斋志异》笔下的荒村。也确实是荒村，如今的城里除几户留守的老人，大多数的人家都出城择址另建去了。或许这城是太古老了，年轻人总是恋着外面的花花世界，而恋旧的总是老人们，他们在这城里生活了一辈子，从当年一户庭院三四十口人居住的热闹景象，到如今只能守着一院的荒草与老马相依为命。但他们就是不走，即使那屋子残破得每日里都在往下掉落泥土、瓦片，即使几天见不到一个人影，可他们依旧坚守着，坚守着这座老态龙钟的古堡。有人说他们是在坚守一份记忆，因为在那份记忆里一景一物都与这城有关，他们终生都没有离开过这座古堡，于是这城便成为他们一生的缩影，他们的生命与这城已完完全全地浇铸在了一起，死生不离！

北方城不算大，穿过南城门不远便会见到主街的左右两边各闪现出一座小庙，左为财神庙，右为马神庙。穿过两座小得只有丈余的小庙再往后走，是三觉圆寺。只有丈余面宽的三觉圆寺在南北大街的正中像一块牌坊一样居中矗立，仿佛又像是个影壁一样遮蔽着身后的真武庙。三觉圆寺是佛寺，又是全城的中心，小庙前的空地上总是会有几个老人和孩子围坐在一起，有走的，有来的，有呆坐的老汉，也有扯着是非的小媳妇。他们不是奔着寺庙来的，身后的佛寺与他们无关，他们只是寻找一块能够帮他们打发时间的地方而已！

真武庙建在三觉圆寺后面的北城墙上，单薄而瘦削。迈上砖阶穿过山门，是一进小院，左右的配房曾是当年的禅堂。穿过二道小门，一条陡立的砖阶扶摇而上，砖阶的尽头便是真武庙的正殿。三十二阶的台阶，足以使人翘首仰望。面阔三间的正殿，依旧是硬山式的青瓦布顶，只不过被风雨洗刷得已有些泛白。大殿的两侧各有一座钟鼓楼，厚重而形式多变的悬空布瓦顶被四根显得有些不太搭衬的细小木柱支撑着，让人感觉有些头重脚轻。但正中一口黑铁的挂钟却陡然将这份轻浮变得稳重起来。正殿北极宫中的壁画是极有价值的，据说"文化大革命"时有人要将这些壁画铲除，村民获悉后便将家里的粮食都堆集在大殿里，对外说这里是粮库，随后又用白灰将墙上的壁画全都盖住，所以现在人们再去观摩时看到的都是一块块残破的壁画，可那工艺有专家说还是极为高超的。

　　有趣的是在蔚县无论是村堡还是官堡，北面的城墙是一律不开门的，这是因为北面是鞑靼铁骑进犯的方向，所以在军事防御上需要如此。而在北面的城墙之上，各村堡间照例都会建一座真武庙"以镇浮浇之风"。据说真武大帝是司职北方的道教神仙，因为北方五行属水，而真武也是管水的天神。这样以"真武大帝"坐镇城堡的北方，便可以防止水灾和火灾，同时真武庙又可做瞭望敌人、防御敌人的指挥所，真是一举多得！

　　南堡门的对面是一座戏台，戏台坐南向北，面宽三间，单檐卷棚的布瓦顶与对面城里僵硬的硬山式瓦顶相比"文艺范"十足，只是不知何年何月那楼顶的青瓦间已是蒿草丛生了。望着那微微摇晃的蓬草，令人恍惚间仿佛又听到了当年戏楼内那悠扬的鼓乐声与委婉的唱腔。而今，这戏台之上早已人去楼空，只剩下那两根干瘦的立柱，和立柱上那一对鲜红的对联供后人凭吊。

蔚县人爱看戏，无论是贫贱还是富贵，家中遇有婚丧嫁娶是一定要请个戏班子来唱上几天的。清中期以后，社会稳定、经济繁荣，蔚县又迎来了一次城堡建设的高潮。不过这次与军事城防无关，而是将各种文化带进自己的生活。在村堡内外，他们或是增建，或是修复了诸多的庙宇、城台和戏楼，并且尤以戏楼增建的最多，不光数量多，建筑的形式也花样繁多，其中有三面戏楼、排子戏楼、穿心戏楼、庭院戏楼等，所以蔚县的老百姓说，"村村有三建：庙宇、戏楼、官井沿"。

而正是这些深厚的历史积淀最终造就了蔚县独特的文化底蕴。时至今日，无论你在蔚县的大地上走到哪里，哪怕是触手所及、信手拈来的一块瓦当，恐怕都会捻出一段沉睡的历史……

高 闳

东屏五台，北枕桑干，中带壶流，连倒马、紫荆之关，县藩其外。地虽弹丸，亦锁钥重地，朝廷之形胜邑也。这是蔚县在历史上曾拥有的独特的地理位置。从地形上说，蔚县属盆地，一南一北为太行山和恒山、熊耳山相环抱，于是这块地域便形成了从草原到平原逐级跌落的缓冲，而那群山中的一条条"通道"便成了这块"重地"的"锁钥"。于是，围绕于此便一次次地上演了中原汉族与北方游牧民族拉锯式的战争。一代又一代，热血与强弩、滚石与马刀将古老的"代王之城"焚掠殆尽，终在北周大象二年（580）一块新的封地诞生了——蔚州，从此"蔚"这个地名在这里深深地扎根下去，并一代一代地延续至今，亘古未变。

据《蔚州志》记载："明洪武五年（1372），德庆侯廖允中辟土为之，十年（1377）卫指挥周房因旧址重筑瓷石，雄壮甲于诸边，号曰铁城"。建成后的蔚州城垣周长七里十三步，墙高三丈半，底宽四丈，顶宽两丈半，城墙四周以条砖内外包砌，城上筑垛口最多时有一千一百多个。东、南、西三面设城门楼及瓮城三座，北面依惯例依旧不设城门，取而代之的是在北城垣上建玉皇阁一座。这样，城墙上的马道、敌楼、角楼珠联璧合，和那道固若金汤的城墙便构成了一套完整的军事防御体系。当时挖河筑墙时形成了一条宽七丈、深三丈六尺，全长七八里的护城河，护城河的河水是专门从东南大泉坡村引村内的泉水注入的，弯曲宽阔的河道环城一圈之后向北流归壶流河，蔚州城便又多一道天然防护，所以这"雄壮甲于诸边"的蔚州真正不负这"铁城"的美誉。

明初的蔚州城以四牌楼为中心向四周非对称展开，当时的街市已经是井然有序，买卖店铺、作坊、酒肆林立。随着明王朝的土崩瓦解，清军入关，一个由游牧民族创立的新王朝诞生了，边外的"警报"也由此解除了，于是"锁钥重地"的蔚州也迎来了一个经济文化的大繁荣、大发展时期。据清光绪年间的县志记载，这时蔚州城的居民已达七万多，且多为商贾，极少有从事农业的。而城内的民宅则出现大量的二进式的四合院，有的权贵与豪富者竟然建有多达九进式的院落。一座座青砖青瓦的四合院鳞次栉比，高高的门楼昂扬向上，配以精巧的木雕、砖雕和石雕，登高一望，真正是"市列珠玑，户盈罗绮竞豪奢""参差十万人家"。

历史走过六百年，战火、兵患、天灾与人祸不知曾多少次反复涂炭过蔚县这块古老的土地。今天的人们再次走近这座当年的"幽云十六州"中的蔚州时，昔日"铁城"的风光早已不在。当年的那三座城门如今只剩下了南面的景仙门。一座孤零零的万岁楼伫望着这座"年迈"的老城。那"铁城"的围墙大都在历史的奔流中烟消云散，残留下来的只有北边的几段，但也早已是城砖不见黄土裸露了。破败——这是走在今天蔚县老城中的一个印象，唯一能窥见它昔日繁华的是那隐居在城中的一座座民居屋顶上精致的瓦当和失去色彩的木檩。站在万岁楼之上向北眺望，一城纵览无余，远处群山环列、残河断流、田园散落，越过那一片片罗列层叠的青瓦屋顶，北方湛蓝的天空下一座高阁飞入眼来，蔚县人说那是玉皇阁。

玉皇阁建于明洪武十年（1377），也就是与蔚州城同时建造的。据《蔚州志》记载："昔日城垣有楼阁二十四座，独此楼最为弘整高峻，雄伟壮观。"走近玉皇阁，这座坐北朝南的明代古阁给人的第一印象便是朴素雄浑。那份冲霄的霸气，非是一般的"神仙居所"所能流露出来的。玉皇阁还有一个名字——靖边楼，那高高的牌匾如今还悬挂在大殿内的横梁之上呢！几番寒暑，昔日靖边楼的杀气早已褪尽，那青的瓦已近灰白，彩漆的木雕已是斑驳枯槁，木格子门窗龟裂得已如宣德年间的一幅古画，唯有那份昂扬的"英雄"气概不失，那挂角的飞檐依旧跋扈冲天。

山门又称龙虎殿，作为玉皇殿的正门一般没有重大的仪式是不开的。两只古老的石兽蹲伏在朱漆山门前的荒草中，新的青砖将那一块块残破的灰砖修补得整齐而严肃。转过侧面的角门是下院，与龙虎殿相对的是两间禅堂，禅堂之间是一条被挤得只有一米来宽的石头台阶，陡峭的石阶尽头是一座纤细高挑的门楼，门楼的左右两侧分别是钟楼和鼓楼。而钟楼和鼓楼后面拱卫的便是玉皇阁的主殿。五间房的面宽，三间房的进深，加之三重檐的歇山琉璃瓦屋顶，仰头望去，无论如何都可以让你在心底里赞上一声雄伟！大殿正脊为琉璃花脊，两端分别砌着两支盘龙大吻，脊上另有琉璃八仙人，边脊砌大吻跑兽，四角脊梢都装有兽头，兽头下面则各悬挂了一只铁铎，有风吹时便会发出叮当的声响。驻足倾听，隐隐约约的，自有一番空灵！

攀上高阶，地势一下抬升了起来。站在大殿近前，因为离得太近忽然有一种沉重的压迫感袭来。玉皇阁看上去是三层，实际是两层，因为在第二层楼阁的中间又额外地突出一檐，下面勾连了一圈木雕走廊。登上走廊环视四周，天地一下变得开阔起来，蔚州大地尽收眼底。向北俯视，壶流河蜿蜒如带、迤逦前行；南眺翠屏山，影绰如壁、云雾环绕；西顾原野，田园毗邻、阡陌纵横；东望村落疏密衔接、炊烟袅袅。

下了长廊回到大殿，北面塑有玉皇大帝的神像，墙壁上绘制着"封神图"的壁画。壁画上的人物色彩艳丽，栩栩如生，为不可多得的艺术珍品。

大殿前檐廊下依次立着八幢石碑，那残破的碑面已满是斑驳的泥土，印证了它悠久的历史。这些石碑都是来自明、清两代，碑上的文字述说了历次重修的经过。这么多次的重修，可见历朝历代对玉皇阁的重视程度，亦可见其历史文物价值之高。在这八块石碑中，其中一块石碑上面撰写着一首《天仙子》，这块石碑据说深受后人推崇，有着极高的文化艺术价值。而这石碑的背后据说还有一段小故事。明嘉靖二十三年（1544），塞外的铁骑再次踏近紫荆关，当时的山西布政使司右参议苏志皋奉命前往蔚州催征粮饷，增援紫荆关。一天晚饭后，苏志皋独坐蔚州府衙，劳累了一天的他疲惫地推开桌上的公函，信步走出了书斋。出了府门，抬眼四望，那蔚州城早已是万家灯火了。街上的行人寥落，苏志皋信步朝北走去，不知不觉间竟到了玉皇阁的脚下。远远望去，夜色中的玉皇阁被"精剪"成了一幅剪影，但那巍峨的气势依然如虹。登上高阁远望，远处那如黑铁般的山峦连绵起伏。一轮如盘的明月掉落山间，月光中的壶流河泛着粼粼的碎波蜿蜒着向前流去。这月色中的蔚州，实在是太美了，兴致所至，苏志皋乘兴挥毫填写了一阕小令："青帝祠前赤帝祠，步虚声里梦回时，羽轮归去鹤书迟。山吐月、水平堤，冷冷玉露湿仙衣。"这就是现在写在玉皇阁前那幢石碑上的《天仙子》。如今算来已是四百多年过去了，后人再去赏析那首小令时，恐已难联想到当年大兵压境、剑拔弩张的情形，更难理会那苏参议大敌当前，依旧恬淡自如、洒脱浪漫的儒将风流与仙风道骨，而后人唯一能感受到的是那碑石上飘逸潇洒、豪放自然的书体！

岁月如水，在四百年光阴的稀释下，再浓烈的硝烟也化为了一缕清风，再炙热的鲜血也被风化成了一捧灰色的尘埃。而我们脚下的历史永远是一面静止不动的画面，再惨烈的厮杀在后人的眼里也只不过是一篇飘零在布帛、竹简上的文字而已！那城垣上的高阁、北方的土堡和黄土塬丘上的寺院，又能让我们记住什么呢？是那份斑驳的残破？还是那残破背后的故事？我想，都有吧！看惯了精致的华美，偶尔在斑驳的残破中会找到一种更加理性的沉静，而那残破背后的历史，相信更是一种诱惑。一座门楼、一块壁画、一尊神祇，那残破的碎屑里包裹了多少岁月的沉积，有多少惊心动魄的故事涂抹其间啊！于是那份斑驳的古旧才有了十足的魅力延续至今……

寻白瀑寺

一

中国的隐士文化最早或可上溯到西周。众所周知的太公姜子牙，入朝前曾在终南山的磻溪谷中隐居，他整天用一个无钩之钓在溪边垂钓，最终引起周文王的注意。后以 80 岁高龄出山，结束隐逸生涯，辅佐武王伐纣，建立了不朽的功业，成为一代名相。所以从那时起，中国就集聚起一个特殊的隐士人群，而隐士隐居的山林也就因此而沾染了隐者的"仙气"，随同隐士之名一同传播海内。其中最著名的莫过于上面所述的，姜太公隐居的终南山了。秦末汉初，有东园公、夏黄公、绮里季、角里四位先生，年皆八旬有余，须眉全白，时称"四皓"，先是隐居商山，后隐居终南山；"汉初三杰"的张良功成身退后"辟谷"于终南山南麓的紫柏山，得以善终；晋时的王嘉，隋唐五代的新罗人金可记，诗人王维，药王孙思邈，仙家钟离权、吕洞宾、刘海蟾，以及金元时全真道创始人王重阳，明清时江本实等都曾隐居终南山。几年前，美国一位著名的汉学家比尔·波特又以终南山为基点写了一本《空谷幽兰》，大肆挖掘了一下中国当代的隐士文化，此书一出立即风靡世界，人们在疯狂追求物欲，积极主张入世的同时，惊奇地发现在西安附近的一座深山之中，竟然隐匿着来自全国各地的五千多名隐士，这着实让世人在新奇之余感觉到一种文化暗流的涌动。

"山不在高，有仙则灵。"道家讲天人合一，大自然与万物共存，同时又养育了世间万物，所以无论穷达，中国人总是不忘知恩报恩。于是我们也就知道了，"南阳诸葛庐，西蜀子云亭"。这些自然景观与人真正是捆绑在一起而密不可分的。反观自然，它们究竟又有着一种什么样的巨大魅力，使这些隐士念念不忘，并一往情深地投入它的怀抱，即使有那尘世无边的滚滚红尘的诱惑，依然固守自己的一方初衷，与山林为伴，与鸟兽同居。我想就是闲适与宁静的牵引吧！因为在他们的眼里这便是最大的快乐与幸福……

中国人对于神秘的文化总是情有独钟，对未知的事物更是抱有好奇之心，对山林河谷更是充满了一种向往，这或许是一种文化潜意识的造就，或许是一种东方人的隐忍气质所成。总之，我对那闹市中的繁华是厌倦的，每每走在人潮涌动的街道之上总有种空虚感，而每当身在山林、泉溪、荒村、野寺之中时却充满了无比的欣愉，因为我喜欢那种宁静，它可以与心灵做一种深刻的对话。

于是多年来，无论世事是否安顿，生命是否安乐，行走便成了我生命之中一直坚守的一件事情，一有机会就会走出去，与山与水、与林与鸟，做哪怕是最短暂的亲和。

二

下了 109 国道之后，公路曲曲弯弯的一直伸向大山深处。孤独寂寞地走了十几里之后一直看不到一个人，于是内心不免惶恐起来，暗想："还是算了吧，什么重要的地方，值得跑那么远去探寻！"可做事天生不愿半途而废的我，最终还是说服了自己继续走下去。在一个山道转弯处，一个护路女工正在护路，上前一打听才知道女工是廊坊人，不觉有种乡党的感觉。她说："白瀑寺值得一去，离这不远了，去看看吧！"于是她这番劝告又给了我动力，上车继续寻踪。绕过一座大山，一座小村卧在山底。村侧半山腰上，一座雄伟的殿房高高耸立在那。"到了吧！"我暗自叨念，可近前一问才知道那是座道观，白瀑寺还在下面十几里的淤白村。回头望望已进山二十多公里了，不免感叹真是真佛难见啊！但又一想，也许走得越远，这路途之中越会有奇遇碰到呢，索性义无反顾地驱车直奔淤白村！

到淤白村后想着总该到了吧！可转到村头了，白瀑寺仍然渺无影踪，向一位坐在房前发呆的老妪打听，她指指村后的大山说："在那边！"于是我便顺着她的指点，沿村后的一条小路一直向山里骑去，出村子不远一条人字形岔路便横在面前，一条土路，一条柏油小马路。"奔哪条路走呢？"看看四下里一个人也没有，最后凭经验觉得凡是有新建的寺院，往往是先修路后建寺，所以我一调车头便顺着旁边的柏油小路一直下去了。七八公里后，遥望身后的淤白村又猛觉不对劲，地图上明明标着白瀑寺就在这村子的附近，怎么会离得那么远！于是又调转了车头原路返了回来，回到村里又找那位老妪打听，老妪把刚才的话又重说了一遍："村后有条小路，一直下去就对了。"于是我又回到了刚才那个岔路口，这才不再犹豫了，直奔那条乡村小路。小路没有修过，弯弯曲曲地在山间盘绕。刚走了一会，天忽然放晴了，阳光一下了铺散下来。转过一座大山的山弯时，天地一下子开阔了起来，抬眼四望，真是"一览众山小"。远处群山呼应，进山时还担心天会下雨的，这时竟然隐隐约约地能看到远处朵朵的白云了。路还是没个尽头，车子在大山间不停地盘绕着。再转过一个山弯时，山路忽然急转直下，低头可以俯视到谷底了，可那视线所到没有任何建筑啊！"又走错了吧?"疑心瞬间便生了起来，这样满心猜测着往山下骑去。下到谷底后，四下里变得越来越荒凉了，路几近淹没在那无边的荒草里，看不出有人活动的迹象，望着满处荆棘杂木，我的退堂鼓又打了起来。"还是回吧，肯定是走错了！"这个声音在心里越来越响，"回——"最后终于一咬牙下定了决心——原路返回！

当我重新回到淤白村里时，再次看到那位老妪，老妪听了我的叙述说："就是那条山路，一直下去，进到那个谷里再走一会就到了，那里有个大坟地。"我一愣，老妪呵呵笑起来："是个和尚的坟。"我一下明白了，她说的是舍利塔。重新上路，重新顺着那条颠簸的山道一圈圈地盘上去，然后再次来到刚刚折身回返的那个谷口。下车仔细看看，荒草掩映中竟有车辙碾过的痕迹，这下我的信心增强了。望望四下，那份荒无人烟的寂静竟然有种让人不寒而栗的感觉。小路被掩映在一人来高的荒草中，几米后便看不见了。抬头看山，那高耸的青灰色的石壁直上直下地矗立在路边，偶尔几只野鸟受了惊从荒草中突地窜出来，惊叫着冲向山顶，那叫声便在山谷中久久地回荡不息。这山谷真是太荒凉了！荒凉得让人有一种与世隔绝的感觉。

转过一道山梁，忽然路边有了菜园、果林，菜园、果林围着木篱笆。终于看到了人间烟火，寂静的荒凉一扫而去。再往远看，一道赭红色高大的山门矗立在那里了——白瀑寺到了！

三

北京人有句俗语说："先有潭柘寺后有北京城。"可淤白村周边的人则坚信先有白瀑寺后有潭柘寺。白瀑寺原名"白瀑寿峰禅寺"，禅寺因后山上有一条白色瀑布飞流直下，经年不绝，故禅寺因此得名。寺院始建于距近 900 多年前的辽代乾统初年。寺内至今还有一座建于金皇统六年（1146）的圆正法师的灵骨塔，塔高约十余米，六角实心，下半部为密檐式，上半部为覆钵式，这是一种密檐到覆钵式过渡的塔形，是国内少见的珍贵塔种。白瀑寺鼎盛时期据说僧众有一百多人，下院有十一所之多，正殿供奉的千佛绕比卢遮那佛是全国仅有的两尊之一。

从山头俯瞰白瀑寺，极像一支巨大的漏斗，白瀑寺即卧于斗底之中。据说民国初年，当地的一个军阀曾看重了白瀑寺这块风水宝地，非要迁祖坟于此，于是借机率兵捣毁了白瀑寺。后来，离白瀑寺最近的淤白村村民发心要重建白瀑寺，但已远不如先前的白瀑寿峰禅寺庞大了，建成后只是一所一进院落的寺院。这座白瀑寺最终毁于"文化大革命"时期，大铜钟被卖，买了宣传用的"大喇叭"，最后仅遗留下覆钵式辽代古塔一座。

走近白瀑寺，一种生气勃勃的气象迎面而来，这里虽是一座在建的崭新寺院，可还是能让你感觉到一种厚重。四周的山需仰了头才能看。谷底面积有限，所以这白瀑寺便因地制宜地向四周的大山上扩建。背依后山雄居而建的是藏经阁，站在阁廊之上可鸟瞰全寺。寺院虽已经在建十年之久，许多殿房依然没有竣工，寺里的义工得意地说："俺家师父福报可大了，你看那金顶的镶金、镀金的地方都是纯金打造。"听后真是令我不觉咂舌。

左山半山腰是一座汉白玉的观音像，有长廊相连。右山是一座镀金的地藏像，也有长廊勾连。前山的石岩下是密宗的诸护法神殿。这样的布局与构造，我还是第一次看到。想想来时山路的荒芜，再对比此处宏大的寺院，真有种恍如隔世之感。坐在大殿前的放生池旁，大概是快到吃午斋的时间了，从各个僧寮中陆续走出许多师父来，我也收拾了行囊准备上路了。来时一直想象这里是一个藏在荒山中的简陋小庙，可没想到的是深山中竟然藏匿着那么一片宏大的建筑。

无边的荒凉忽然让我穿过历史的烟尘，想起一位位曾拄杖深山寻觅隐者的诗人们，他们寻访的高人一定是隐匿于自然之中的真隐者。那感觉有时不必去寻找，只看看隐者的居所便能品味出隐者是否高蹈，那情趣与品位价值几钱了。翻看古籍常常有类似"寻隐者不遇"类的题诗，阮籍在苏门山遇陈登，陈登从头至尾不发一语，只临别以长啸相送，这才是真正的隐者，麻鞋布衣，粗茶淡饭，但他们有一颗超然于物外的心和高雅玄奇的才情。

此行落落，未见到真正住山的高蹈之士，所以也就没有热情与所见的"方外人"过一语了，但想想来时那颗虔诚的朝山之心，还是可将此行标上一个难忘的句号吧！

探访千古奇丐武训故里

　　第一次听到武训的名字是在 2013 年，是在从聊城骑行至邯郸的路途中，但因故未能进行寻访。这位被民国诸多政要称为"千古奇丐"的武训究竟是个什么样的人呢？回来之后，由着这种好奇，我查找了一些资料，随着对武训的进一步了解，后来竟慢慢发展成为一种渴望前往的冲动！转年，趁着"十一"放假的机会，我咬了咬牙终于完成了这次武训故里之行。

　　到了聊城，安顿好了住宿后便直奔东昌府区。只是天公偏不作美，阴了一天的天竟下起了绵绵细雨。到了光岳楼旁，衣服早已淋湿了，于是在西侧的一家古旧书店旁停了车，便一头闯了进去。谁知失魂落魄的我还没站稳身子，店老板却早已一眼认出了我："你是外地人吧，去年你来过！"真是好记性，客套了几句后我便进到书店里面。浏览一番后，我有些失望，这里的文史资料尽管不少，但我想要的有关武训研究的资料却极少，而且价格与网上相比更是不菲，于是犹豫再三还是落落而出！

　　第二天一早天气放晴，出东昌府西门直奔冠县。因为去年曾途经过一次，所以轻车熟路。到了冠县之后，打听好了去柳林镇的路，便一路骑了下去。路是一条小柏油马路，窄窄的，路两边除了田地就是村庄。进入河北腹地及山东境内之后，发现但凡历史古老的村镇人口总是不多，百十户一村，几百年来总是保持着这样一种格局。越往里走，一个个的村子看上去越显贫穷，到柳林镇时已感觉比国道两边的村镇要落后很多年了。在村口打听了去武训纪念馆的路，路边的两个老人上下打量着我，好像对我打听的武训这个"奇丐"没什么感觉，却对我这个骑着摩托车出行的人大感好奇。因为赶路心切，所以没工夫满足他们一个个好奇地追问，打听好了路之后便直奔武训纪念馆。

武训纪念馆在柳林镇的东南方向，穿过镇子，过了一条小河便看到了一座锁着大门的大院。往里望望，远处的馆舍雕塑皆掩映在青翠的柏树丛中。看着那个锁着的大门，内心不觉有些失落，毕竟大老远地跑了来，竟然连门都没进，这样离开多少有些可惜。这么想着，忽然看到旁边有家卖烧饼的店铺，于是便走了过去打听如何能参观这旁边的纪念馆？卖烧饼的说，看门的姓杨，住在镇北的小杨庄，离这也不远，你可以去他家找他。我听了咬咬牙，好吧，到他家去找他！于是重新上了车出了镇子，偏巧在路上遇到一个骑电动车的半大小子，在他的带领下我直接找到了那家姓杨的人家。拍开门，见院子里一个妇女正在收拾玉米，刚进到院子里，那个看门的人竟然和我前后脚也回来了。那人对我说："我刚刚在纪念馆前经过时看到你在照相，不知你在干什么便没过去。"于是他带着我又重新返回到纪念馆。

纪念馆里面正中是一条甬道，两旁都是新栽的松树。走到头是一个高台，登上高台是汉白玉的武训雕像，雕像后面便是纪念馆了，馆的两侧是展厅。看门人老大不高兴地将几间房的门都噼里啪啦地打开，随着一同进来的那些人却不管这些，兴高采烈地游览着。展馆修得很精致，应该是重新修缮的时间不长。

　　展馆后面是武训的墓。对于这个用水泥筑起的半月形坟墓，武训的后人武广成之前曾和我说起过，那里面只是武训的一处衣冠冢。因为早在"文化大革命"时武训的这处坟墓就已经被刨棺扬尸了。之后的一天晚上，当地一个善良的老人将武训的骨殖悄悄地埋到了一个隐蔽的地方，并偷偷地告诉了武家的后人，也就是武广成的爷爷。武家于是又将武训的骨殖悄悄地埋进了武家的祖茔中。再后来粉碎"四人帮"后，在著名画家李士钊等社会名流的共同努力下终于为武训平了反，于是有人提出对武训陵墓进行重新修缮，但当地政府在修缮时并没有通知武家后人，他们也不知道武训的尸骨存于何处，所以只好在里面放进了一块砖。等到武家后人知道后，陵墓已经建起来了，所以外人不知，也就只当是那里面埋着武训的遗骨了，而武家也没人操持这件事，这事也就将错就错地一直错下去了。

　　武训的墓地侧面是一座刚刚复原的"崇贤义塾"。也就是当年武训靠乞讨、演杂耍攒钱盖起的义学。复原后的义学全部是青砖青瓦的建筑，进到里面，一间较大的课堂里摆着课桌，另外的几间屋里有中华民国时期许多政要给武训题写的颂辞的复制品。转完出来后，忽然有种奢华的感觉！当年武训用 30 年乞讨之力修起的这座义学，绝不会有此等高档，这里俨然被建成了曹公笔下的大观园。出了"崇贤义塾"，后面是许多破旧的砖舍和成片的荒草。顺着南面的一条小路往回走，在快到大门口时有一座汉白玉的祭坛，上面有七八位在不同时期对武训进行过大力宣传褒奖的社会名流，包括李士钊、孙喻等人。

到门口时，忽然想起我应该将柳林镇整体的面貌看一遍，于是重新过了小河进了镇子。柳林镇不是很大，骑车转上一圈也用不了多长时间。想寻找一下当年助武训建成崇贤义塾的当地耆绅杨树坊的旧宅，估计年代太久远也是不容易了，于是便朝镇外走。

出了柳林镇一路向北，路两边都是已经收割完的田地，两排高大的杨树长得枝繁叶茂，那柳树的背后隐匿着一个小村。不用问，那便是武庄了。武庄的村口立着一座高大的铁架子，铁架子上面写着"武训故里"几个字。此外，路边还立有几块石碑，碑文都是为纪念武训而写的。一条颠簸的土路一直伸向村里。武庄不大，看上去也比较贫穷。顺着小路往前走了一段，跟村里人打听武训的故居，那人一指："那不就是！"原来眼前一个小岔路口旁的一块空地便是。走到近前，周围都是民居，这块空地应该是房屋倒塌后没有再兴建，只是被人重新平整了一番。空地正中有座武训的汉白玉半身像，塑像旁边的一块石碑上刻有"武训故居"的字样。我下了车拍了几张照片，看看四下里没有一个人，小村安静得像是绝了人迹！过了好一会才有个人从此经过，我向他打听武训后人的住处，原来我身后的一所房子便是。于是停好了车，走过去拍开了那户人家的院门。铁门开处，院子里像鲁西北许多地区的农户一样，堆了满院子的玉米，这会这家人正围坐在院子当中剥着玉米皮。我说明了来意，从里面迎出来了一个瘦小的男人，他将我让到了屋里。屋子很简陋，外屋迎面是一张陈旧的木头方桌和两把木椅子，桌椅虽说都是原木打制的，只是做工很粗糙，而且没刷过漆，露出早已变成黑灰色的木质。我进到屋里不久，那个瘦小的男人便从外面又扶进一个80多岁的老人，后面跟着的是一个50多岁的中年人。瘦小的男人自我介绍他就是武广成，因为之前通过电话，所以倒也不算陌生。寒暄了两句之后，他介绍那两个人，一个是他的大哥，而那个大爷是他们的父亲武玉泉老人。

屋里四面的墙上，还挂有几张关于纪念武训的字画和一些名人来此凭吊的照片。落座后，大家便谈起了武训。老人是武训过继儿子武克信的后人，虽说80多岁了，只是耳朵有些聋，但记忆还可以。说到动情处，老人竟呜咽成声，旁边坐着的那哥俩不时加以补充。说实话，听他们的讲述确实补充了许多关于武训研究的文史中没提到的东西，有的是不同于文史中的说法，有的当然也是以讹传讹的东西，但依然不虚此行！

大家在一起聊了不到两个小时，因为后面还要赶路，所以便与他们匆匆道别。这时，武玉泉老人让儿子武广成带我去他家的老屋，去看看某位名人题写的牌匾。我问到当年光绪皇帝赐的"乐善好施"匾还有吗？武广成说"文化大革命"时早已经给毁掉了。随后我在武训的故居前又看了看，最后武广成听说我还要到清末农民起义领袖宋景诗的家乡小刘贯庄去，便不再挽留。

我上了车一路穿庄过户，太阳不知不觉已经偏西。这里的村庄挨得都很近，每村之间也就几里地之遥，仿佛一眼可以望断。我望着远处田间时不时出现的一座座老旧的坟茔，忽然想起，到底哪座是偷埋了武训遗骨的坟墓呢？我倒真想去凭吊一下这个千古奇丐，只是夕阳西下，今晚我还要赶到一百公里外的莘县去，所以只能遗憾地作别这片古老的鲁西北的土地，以待来日了！

甲午孟夏游房山圣莲山记

　　重新回到108国道，一路风云变幻，实不知哪阵子便会大雨倾盆而下，所以看看天色也不早了，便暗暗打算该择机住宿了。

　　进河北镇，发现一个有趣的地方。一镇由一河从中间隔开，河上有三四座石桥相勾连。一路打听，终于在镇尾找到一家简陋的小旅店。C字形构局，坐落在一处小山坡上，不过倒还清静。院中有大槐树一棵，很是惹眼。放下行李，看天空黑云翻滚，大雨将至，于是不敢再做片刻停留，立即骑行到镇中心找了一家酒肆。刚刚坐下，豆大的雨点便噼叭而下，于是对窗而坐，把酒望镇中行人丧魂般地奔跑。偌大的酒馆中只我一人，独斟独饮，倒也惬意。雨在黄昏未尽时停了，骑车出镇闲行，一路山路蜿蜒，山风徐徐，此亦是人生另外一种体验吧！

　　晚上回旅店，心情不畅，早早睡去。夜里忽然起风了，小院中的灯火在树隙间摇晃不止。居高楼日久，夜听庭院风急雨骤的声音，仿佛已恍如隔世了。一早醒来，屋外大风依然未减，大树摇曳之声不绝于耳。推门走到院中，昨日的阴霾一扫而净，外面竟是一个晴朗朗的艳阳天。旅馆整个浸泡在温暖的阳光中，瓦蓝瓦蓝的天空没有一丝的杂色，清凌得似水如冰。南屋的一扇小木门被大风摔得啪啪直响，此刻忽然勾起了我童年的许多回忆，真似儿时村北的一景……

沿着108国道一直向西，路旁的景色与109国道极其相似。一路有河相伴，河床多干涸，遍布大小不一的石砾。山路之上寂静无人，只有山风相伴，未至中午时分终于赶到房山佛道胜地——圣莲山。

由景区门口乘观光车一直到二十八盘脚下。看看高耸的圣莲山山顶，内心不免恓惶，欲坐缆车而上，看身旁童叟妇幼竟皆健步攀登，便也横下一条心——不徒步登顶誓不罢休！

二十八盘皆为丈宽的石阶小路，随山势回旋不止。为增加旅游特色，专门在每盘转弯处增塑二十八星宿像一尊，下刻简介。一路登攀，因久未锻炼，竟气喘不止、大汗淋漓，内心叫苦不迭。每仰望山顶而见遥遥无期之时，便心生退却，而每于此便总见身旁一对耄耋夫妇相搀相扶，健步而上，内心便备受鼓舞，如此三番终至北庙山门。

山门北侧另有一山路，环绕至对面，路尽头有殿宇多间，隐匿于山林间，隔山眺望真似神仙居所。沿小路而行，路遇白衣道士襟袂飘飘迎面而来，举相机拍照，道士近前不但未恼，却和声问讯，由此可见圣莲山与诸山的修行者不同之处。行至尽头为一财神庙，一字排列在路边，无道人亦无游客，那份安静真世间少有。进到里面，几处殿堂门皆大开，香烛刚刚燃起。思之，刚才遇见的道人或许就是此处主人吧！绕过财神庙，西侧半山坡处有似土地庙状的一处墓室，上书蔡义先之墓。后游至北庙曹锟故居时，听一中年道士讲起此山的传逸故事，才知此墓为圣莲山道场开创者、道士蔡义先的墓穴。蔡义先，京郊大厂县人氏，早年参加义和团。拳乱平息之后，避祸江南，因其善医道，所以结交诸多权贵、名流。中华民国建立后，蔡氏回乡便上了圣莲山，拜此山一道长为师，行医修道，后因给吴佩孚、曹锟等家人医好难症，故声名远播。蔡氏借此向此山道长要得北山，从此大兴土木，兴建庙观，数十年间蔡氏将圣莲山经营得风生水起，兴盛时有道士几百人。后蔡氏临终时选定北山一处为墓室，以坐姿入葬，内埋木炭、石灰。至今，蔡氏后人已 90 余龄，仍于每岁清明祭扫不断。

随后原路退回，拾阶而上至蟠桃宫、斗母宫。此处香客、游客云集，殿舍勾连。入西跨院，有军阀吴佩孚与道士蔡义先对弈铜像，惟妙惟肖，更为吴宅增添雅趣。倚墙四望，此处已为圣莲绝顶，四处峰峦不绝，松柏丛生，真世外桃源。难怪当年诸多军政要人皆要避世于此，以图清心省事。吴宅对面为当年又一政要曹锟之所，皆砖石所建。

出蟠桃宫，沿天梯向南山诸寺而行，一路四面风光尽收眼底，真可谓无限风光在险峰！俯瞰山底，壁垂千尺，令人目眩头晕。顺山路前行，有高峰不知何名。于此峰脚下，我仰望片刻，山峰直上直下。兴尽思归，于是沿身侧一条素有"阎王鼻"之称的石头小径直下。此石路直上直下，两侧只能凭铁链拽拉方可下山，可谓惊险异常。一鼓作气行至山底，回首仰望，山峰直立，竟难辨路径。圣莲山真无愧"京畿八景""京都第一奇山"之称！

出圣莲山，天气又阴晴不定。一路沿山路赶往张坊镇。出山十余里山势抬升，骑行盘绕而上，至山顶回探来路，竟婉似衣带环山叠嶂。依山路前行，不远有观景台，木栏横设，眺望远方，群山连绵，山势层叠，雾气昭昭，天空之上白云朵朵，真可谓上佳景色。沿路东行，盘至谷底，青岩夹路而生，山色一片青翠，路穿石壁间，仰首处处怪石嶙峋，实为京西少有之山景。至半路时，看路边有一路牌，上书"六石路"。人言，108 国道不逊 109 国道，而 108 国道之上的奇葩路段当为"六石路"。

至六渡，人车鼎沸。河边露营者接连，路上汽车已寸步难行。此时，摩托车的优势彰显，一路在夹缝中驰行，竟在天色垂暮之时赶至张坊古镇。

连日行色匆匆，一路平静往还。骑摩托车游行的几年来，已习惯了路上的感受，但一份来自内心的冲动还在，一种行走的欲望还在，虽经世事磨砺颜色不减，热度恒温，在这多事的几年中，亦横下一条心：前进，前进，前进……

鸡鸣驿

鸡鸣驿因鸡鸣山得名，据《怀来县志》记载，唐贞观年间，东突厥犯中原，边民不得安宁，太宗李世民亲征，驻跸此山，夜闻山上有鸡鸣声，故称鸡鸣山。

鸡鸣驿背靠鸡鸣山，据说这座古驿最早建于元代，一代天骄成吉思汗率大军西征，在通往西域的大道上设置"站赤"，即驿站。到明永乐年间，鸡鸣驿已经被扩建为宣化府进京师的第一大站。清康熙年间，清王朝在这里设驿臣主管驿站内的事务。鸡鸣驿在明成化八年（1472）开始围城建土垣，城为正方形，隆庆四年（1570）开始用青砖包筑城池，内夯黄土，当时墙高达 15 米，上开垛口，建成后的城池周长 2330 米，设东西两道城门，城门上方筑两层越楼，并在城中部建玉皇阁楼，城的四角分别筑有角楼。东西两条"马道"为驿马进出通道，城南的"南官道"即是当年驿卒传驿的主干道。清乾隆三年（1738），朝廷将城墙重新进行修理，并在城东筑护城坝一道。

这座有着 500 多年历史的城邑经过无数风雨的侵蚀及塞外风沙的磨砺，如今早已成为一座"老态龙钟"的古城。站在高高的驿城门楼之下，塞外的天空高远清澈，鸡鸣山像一座巨大的影壁，为古城遮住了北面草原肆虐的风沙。晚来的斜阳，映衬在古城墙上，黄土的城墙越发显得厚重而坚固，高大的阴影从垛口一直摔落下来，重重地砸在墙下。门洞之上有"鸡鸣山驿"四个大字，不知有多少与这城有关的故事从中流过！

穿过东城门，走进古城。一眼所见，这里似乎不像一个城，更像一座古老的村庄。民居大都是破败的，泥包的黄泥墙皮早已一块块剥落，露出里面的泥坯，没了墙皮的石筑的院墙一块块暴露在阳光之下，白森森的有些骇人。

三横两纵式的街道，是凡古城的通例，文庙藏身在横向的第二道街的东北。面阔三间的戟门，黑色的门板，上悬"文教昌明"的牌匾。新近翻修过的青灰色砖墙，跻身在黄泥土筑的民居之中，看上去极为整齐严肃。进到里面，两棵高大的国槐荫郁下的大成殿更显庄严。面阔三间，进深一间的殿房，一块廊檐，硬山布瓦顶，饰以施脊和吻兽。青的砖、青的瓦、灰黑的门窗，圣人坐像端坐其中，让人油然生出庄严之感。门首上方悬挂"斯文在兹"的蓝地匾额，左右配对联："自古文章兴国运，而今笔健著华章。"大殿东西两侧分别是耳房和斋房。这里据说曾是驿学，即过去讲学的地方。院中有两块石碑，一块是乾隆三十七年（1772）的《新建魁星楼碑记》，另一块是道光十八年（1838）的《征修鸡鸣驿文昌宫碑记》，分别记述了当年文昌阁兴建的历史。这座或驿或戌的边塞小城之中，竟有如此规格的儒教祭所，可想当年鸡鸣驿的文教已是很昌明了。

街，都是青砖铺就的，但早已和这满城的泥土混为了一种颜色。从大街两边，不时地伸出来一条条只能容一人通过的胡同。高高的房宅将胡同挤得像是一根胡须，看上去有些幽深无底。胡同深浅不一，深的弯曲绵延得像条百足之虫，一眼看不到头；浅的短促紧凑，三两间房便到头了，于是半路上一座高挑的青砖门楼便立在那里，让人不自觉地便想起那幸福的"小康之家"。

泰山行宫在文庙的东南，单薄的青砖门楼孤独地昂立着，施脊尖削、吻兽高扬。宽阔的广场南端是戏台。进到泰山行宫，当年的多数殿房都已被历史的车轮碾碎，如今只剩下东西配殿、灵宫殿、后殿及东西耳房。后殿正中供三位娘娘像，东西两边的壁画以连环画的形式，分三层共48幅描绘了碧霞元君出行的故事。

东西走向的头道街是全城最宽的街，街不是直的，这倒是在古今城邑建筑史上少有的案例。有考证说主要是鸡鸣驿坐落在两山夹击的带状谷口位置，所以常年的西北风直吹城邑，为了不让大风直接从西城门吹进城里，所以东西两座城门的位置也是彼此错落的，由此可见古人在气象学、建筑学上的智慧已很是高超了。因为当年建城时采挖了大量的沙土，所以南街是呈犬牙状逐级由东向西跌落的，最终在西城门附近形成一座池塘，古城人将其作为全城防火防汛的取水或储水之地。南街是全城最繁华的街区，集中了全城主要的官署豪宅、买卖店铺和庙宇，这里也是全城的驿站区。

坐落在南大街上的贺家大院，是鸡鸣驿现存最高规格的古建筑，纯砖木结构的五进式院落，无论是城邑中的官署还是商铺，没有哪一家能与之相提并论，所以当年的贺家在此地号称富甲一方绝非虚谈！在历史的风雨中，贺家大院的风光早已不在，五进的院落，现如今保存下来的只剩下前道院和二道院，每座院落都是北方四合院式的院落，正房三间，耳房两间，东西两间厢房。而能够证明贺家当年奢华的是前檐下用砖雕刻的精美绝伦的墀头。进大门之后迎面是垂花门式的影壁一座，都是仿木砖雕刻，平板枋、额枋、壁面四角和壁心都是采用透雕的手法，所刻的花卉、禽兽等栩栩如生、线条流畅，做工精细，别具一格！大门口的一对抱石鼓久经风雨的冲刷已是斑驳不堪。说起这栋豪宅，还和一段历史故事有关。光绪二十六年（1900），八国联军侵占北京，慈禧太后带着光绪皇帝仓皇西顾，途经鸡鸣驿时便住在了贺家的第二进院落内，慈禧住在西厢房，光绪皇帝住在东厢房，随从文武官员和妃子各有住宿地点。这样贺家便在历史上留有"一夜行宫"的美名。

在东山墙下是一条细长的胡同，连着贺家五进的院落。进到当年西太后住过的小院，门侧的墙壁上刻有"鸿禧接福"四个楷书大字的题刻。实际上若与外面商贾巨子的豪宅相比，鸡鸣驿的这位首富之家，看上去仍旧朴素得像一位北方的农村汉子，没有多余的矫饰，只是一个干净利索。太后住过的西厢房，也只是一面土炕，两把木椅而已！坐在当年西太后睡过的那面土炕上，透过木格子窗子可以看到外面正屋的木板门。我想，古人重礼法，无论大是大非，还是接人待物，即使是贵为一国之君的光绪皇帝与权倾朝野的西太后，在落魄到如此地步时也不"逾礼"半分——没有住到贺家的正房正屋。因为在过去，正房、正屋是一家之主住的地方，再尊贵的宾客也只能住到偏屋——厢房、客房里！

　　驿城的南城墙外，有一条宽约5米的东西向道路，俗称"南官道"，是原来的驿道。当时从宣府、新保安辐射过来的驿路就通过这里进出鸡鸣驿。在西城门500米处，紧靠驿道，建有一片房屋，是专供过往客人休息住宿的地方。城内紧靠城墙也有一条约5米的环城驿道，驿道一共分布着5处通往城墙的马道，平时可以用于交通驿递，战时便于集结设防。

　　可以想象，当年马铃声声，飞尘滚滚，身穿邮服、腰挂令牌的驿卒，乘骑传递，风风火火，夜持炬火，日夜兼程的景象；还有往来于此的商贾和马帮在古道上长途跋涉，绝尘千里，鞍马劳顿，那是何等壮观的场面啊！古代传递消息和发放官文都用快马，后因马的体力和奔跑的距离都很有限，要完成数百公里的传递不得不中途换马，所以就在沿途建立许多马站，后来这种马站又演变成接待过往官员、商人的临时驿站，同时完成传递信息和邮件的任务，也承担着军事城堡的功能。可以说驿站在古代起着现代邮局和军事基地的作用。一般的驿站，只设有一个马号，负责换马事宜，也叫作"换马处"。而鸡鸣驿在康熙年间才由军驿改为民驿。而在两大系统共存期间，鸡鸣驿出现了两个马号共存且各自独立的现象。民驿马号称"太号"，军驿马号称"西号"，均设在今公馆院所在的西街上。

　　位于前街北关帝庙巷西侧的驿丞署是管理全城政务的署衙所在地，这是一座坐北朝南、三进式的四合院院落。大门临街，最后面是一座小花园。如今的驿丞署已经只剩下第三进院落的门楼、正房和后花园了。鸡鸣驿城内的门楼无论官商民寺，都是面阔一间。这种设计风格主要由于这里毕竟只是边塞上的一座小城，太张扬了似乎倒显得格格不入。进到小院，面阔三间的正房，硬山布瓦顶的建筑样式。前檐明间向里凹进，留出一尺的廊步。明间两侧是六抹斜方格隔扇，中间是帘架和镶木板的隔扇门。岁月沧桑，如今的隔扇门窗早已是原漆剥落，露出黑色的旧木本色，这与刚刚翻修过的青砖青瓦的屋墙组合在一起，显得有些不搭衬，好在有立柱、门框与门板上的鲜红的对联、福字做调和，这崭新中才有了一些不是那么生硬的古朴。

小屋里面的摆设装饰较之外面似乎更统一，黑色斑驳的原木家具，已经磨损得凹凸不平的青砖地面，缺边少沿的土炕木罩，似乎让人感觉到一种与历史同步的静止。驿丞署的主人不知是何时易换的，但从清康熙三十五年（1696）清政府在此地设立驿丞开始，直到1913年北洋政府宣布"裁汰驿站，开办邮政"，鸡鸣驿这个古驿站正式从历史的舞台上退出为止，驿丞署才开始走向了民间。墙上的两张屋主人的黑白照片，似乎也正说明了这一点。一张照片是一家人坐在驿署前的合影，标注的时间是民国二十八年，也就是1939年。

残破——走不了几步便会有几处破屋断墙跳现出来。透过那半掩的柴门，可以看到满是衰草的院落和濒临倒塌的土屋；那一扇扇残破的窗棂里，历史似乎瞪着深邃的眼正向外张望。城里静悄悄的，几乎看不到人，更少见年轻人。这里是一座真正意义上的古城。顺南大街往西街一拐走不了多远便是驿馆院。

驿馆院是专供过往官员、驿卒就餐住宿的地方，是纵列的三进式院落。由西大门而入，全院分东、西两部分，东侧为生活用的厨房、柴房、仓库、马棚、水井等附属用房，西侧为住室。西院又分前、中、后三部分，中院、后院临西街，为方便起见又另辟了一道便门，来往客人可由便门进出每一进院落，又可由大门而入，使驿馆院成为相对完整而又各个独立的组合院落。

当年鸡鸣驿城里的商贸很是发达，仅当铺就有 6 家，商号有 9 家，还有油铺、茶肆、餐馆，驿城的人流总是络绎不绝。据史料记载，每年的农历四月十三至十九的鸡鸣山庙会，和腊月十六、二十一、二十六这 3 个集日，城内满街都是摊贩，庙戏一台接着一台，真正是人声鼎沸、热闹非凡。除了这些店铺，城内还有公信院、总兵府、校场、草料场、驿仓及马神庙等场所。当时的驿站不只负责邮递信件，还有驻兵、屯粮的任务。可以说鸡鸣驿是站，站也是驿。

这座方圆两公里的驿城，可以说是中国邮传发展的一块活化石，虽说只是 800 年的历史，但这座亦集民驿、兵驿、邮传和戍边等多功能于一身的综合性的古城，集中沉淀了元、明、清三代 800 年的邮政、军事、文化、民俗、商贾、宗教、艺术等历史文化。走在鸡鸣驿这座黄土夯筑的古堡中，历史的足迹处处可见，一尊尊不知存于什么年代的石鼓、石兽，依然蹲守在宅院前守候着时光的流逝，坍塌的半截屋顶上的瓦当，虽剥蚀得只剩下一层薄皮，但仍旧为那残屋、断壁遮挡着风雨。遍布在城里的财神庙、普度寺、阎王庙、关帝庙、城隍庙、龙王庙、玉皇阁、永宁寺等庙宇，或许是中国过去所有村镇、城邑中的文化、宗教设施的一个缩影。

这座古驿自从民国初年就退出了历史进程，随后便随着这西北边塞一同沉寂了，于是当年驿路之上飞马传书的景象没有了，执械巡城的马队也不见了，络绎的商贾已随着古道的沉寂而烟消云灭，这也许是古城一方庶民的悲哀，他们近一个世纪的贫困守候，却使这座古驿得以保存，真是福兮祸兮啊！

古河长流

吊　桥

长河在落日处隐没了，暮色便从那里孕育出来。红，淡淡的，只那么一条，横在半空中。有些许暮霭在河与天的汇合处逡巡着，一下子洗淡了那抹红。不知什么时候，被晚风一撩拨，那一抹云彩竟又似棉絮般碎裂了，零零散散地丢满半个天空。就这样，一切都在无声无息地晕化，渐渐地稀释成一片淡橙色的天光，明亮地刺激着人的眼睛。几只倦归的鸟偏偏不管不顾地迎了那光亮飞去，慢慢地，慢慢地凝化成几滴焦墨般的黑，嵌进了日头里。

河承载了太多的静，像一面高高竖起，又处处落着斑斑锈迹的古铜镜。

天光泄了去，色彩便栖身过来，从容地，在西北的天空中开始自由地布局。很快，半空中那一大块孤独的色彩便把周围的世界扰乱了，一切乱得既没有理由也没有章法。横的、竖的、长的、短的、方的、圆的，天空瞬息间仿佛变成了一张巨大的画纸，被人撕来扯去，揉搓得满是褶皱、污垢，终于混成了一片。天光又暗了些，一缕淡淡的潮气升腾起来，逼退了嚣张的暑气，独自占据了河沿左右。大地变得有些落寞了。

无风，却能看到河两岸逐渐溃去的暑气一直攀爬到半空中。看不到水流动，一艘小船就这样载着暑气，背倚着西天浓重的色彩缓缓地向着吊桥这边划来了。慢，真的是很慢，像是与天、与河、与桥都一同走进了暮年；重，真的是很重，似一块沉重的魏碑，从河中央缓缓地挪移而来。色彩尾随着小船也姗姗地走来了，放大，放大，再放大，最后终于统一成了一块同色的背景。

船到桥下了，驾船的是个十多岁的孩子，在船尾夸张地向前倾了身子，努力地推出桨，身子又最大限度地仰向了夕阳。那一刻天光、水色、波纹和孩子的脸都融合成了一片靓丽的金黄。桥被甩在了身后，重重地推进了夕阳中。几列粗黑的铁索拉起了吊桥，一排排木板便整齐地排列在这几条吊索上，像一副千年的脊梁横陈在长河之上。夕阳中，一切都被深深地画进了光亮里。桥下的河水被船搅扰得放荡起来，破碎了所有的光彩。桥此时早已成了一幅黑褐色的剪影，摄进了西天的重彩中。

暮色已经"老态龙钟"了，当它将最后一丝力道喷涌而出的时候，天空仿佛烧着了。云，红得深重而热得滚烫，那浓烈的色彩在一股脑地倾倒进河水里的一刹那，大河轰的一声终于煮沸了……

日出日落，日落日息，这一卷浓烈的画卷，不知曾在长河上往复演绎了多少遭，而真正能记住它的或许只会是那些古道上的过客，而长河南岸那些挽起裤脚、荷锄而归的老农们，他们在夕阳下驻了脚和你娓娓道起的大都是河岸上的故事：匪乱、兵役、蝗灾、水患、荒年，往事悠悠，这条长河总该有几百年了吧！没人注意那一根根被历史打磨得光可鉴人的铁链上曾凿上去过多少记忆：明永乐十二年（1414）由武清县拨专款修建吊桥，以利两岸乡民。清道光十八年（1838）吊桥因年久失修，本地乡绅集资重新进行修缮。民国二十八年（1939），吊桥遇大水冲毁。1947年，武清县大队在吊桥附近击毁国民党运粮船 100 余艘……这条河的历史或许只有这座吊桥最熟知吧！人们总想静止了历史细细去品味一番，可那鸣叫了一声便飞走的鱼鹰谁人又能留得住它？所以还是不留了吧，时间是向前跑的，而历史总是向后踽踽而行，我们呢？

渔　家

　　稀薄的晨雾中，这片青绿的世界又被淡去了一层色彩。河面上插满了长长短短的竹竿，或疏或密，或直或斜。晨雾中，一切都被简约了，只剩下孤零零的竿连着孤零零的影，在静谧的河水中孤零零地伫立。朦胧中竟宛似怀素笔下的《自叙帖》，坚硬而洒脱。四下里都是线在游弋，或深或淡地统一在那片青绿的水墨世界中。一只小渔船摇摇晃晃地从雾气中驶来了，河面开始微微地震荡。河里竹竿的倒影一下子被激活了，扭曲着、摇曳着，有的被抻长了，有的则碎裂成了一段段的斑点。竹竿与竹竿之间牵连的是一张张埋在河里的网。船便在这网与竿之间穿行着，停了走，走了停。蹲在船头上的是位 50 岁上下的渔人，一双干裂的大手放在水皮子上，银白色的渔网像水一样在他手底下流动。他的眼睛像是长了腿，一条鱼黏在渔网上刚刚被揪出水面，另一只手已经蛇一样地尾随着追了去，就是那么娴熟地一抹，鱼早已弹跳着被丢进了身后的船舱里。提到船头的渔网唰啦啦地脆响着又被送回到河水里。在拉起、放下，放下又拉起，这往复的单调与乏味之中，网与竿之间已然成为他的整个世界……

站在船尾的后生是渔人的儿子。他手里的桨总是追着父亲的手和谐地摇动着，这是天长日久养成的一种默契。弥漫着湿漉漉的潮气的河面上，空空荡荡的，只有木桨撩水的哗啦声和渔人拉网带起的淅沥声……

日头拉起来了，就在南河沿树林子的后面淡淡地露出一角。雾于是开始惊狂丧命般地逃窜。河水亮了起来，左岸的树隙间生起了炊烟。烟是在苇帘搭起的窝棚前生起的，一只泥筑的小灶，围着灶转得像个风轮似的是渔人的老伴。锅里的水被烧得滚开，老妇人一边火急火燎地用脚往灶里踢着秸秆，一边俯了身抓起把手擀面扔进了锅里。白腾腾的热气一下子罩满了她的上半身。"回来吃饭呗。"那一口浓浓的地方口音仿佛没能冲破浓浓的热气送出去，倒像她手里的面条沉沉地掉进了锅底。船，仍在慢腾腾地划着，没有任何回声！老伴的声音这次提高到了八度："还不起呀，起来喊你爹收工回来吃饭！"这次却是回头冲着窝棚里喊的，"天天啥活也不想着干，班你也不上，也不知你要干啥？""得咧，得咧。天天叨唠个没完。"还没见人影，窝棚里早甩出了一串带着愠怒的回音。一个十八九岁的姑娘冲出了窝棚。眼睛里分明还带着些许睡意。她一边拢着散乱的头发，一边却怄气地冲着河里的船上倔生生地喊着："哥，爹，回来吃饭呗！"那声音高挑得像是三九天里北风抽打苇叶子发出的尖哨声。"知道喽。"那是船尾上哥哥憨憨的回答。

船停了下来。船头的渔人缓缓地扔了网，在青绿的河水里象征似地洗了把手，慢慢地直起了腰。一刹那间，这个世界就又收回到了他的眼底里。瞧，日头升得更高了……

院 落

泵站房子的背后是一口暗得像黑铁一样的蓄水池。一棵丑得不能再丑的老垂柳的枝叶盖满了半个屋顶，刚好挡住了东南来的日照，一切都陷在了阴郁之中。水池的左边是一条小道，连着河堤与泵房，还没走到泵房的木篱笆前，亮堂堂的光彩早已经洒满了整个泵房前的小院。小院东北的高台上是 17 座坟丘，早上的阳光低低地扫过去，一座座坟丘都处在半明半暗的包围下，显得那么宁静。几株狗尾巴草无声地抱着魏氏宗祖的残碑孤独地摇曳着。下了小院的高台往东是一望无际的棉花地，一直延伸到天边的白云里。西边是一条泵站上水的小河，傍着小院安静地流过。

篱笆院里热闹极了。闹得最欢的是鸡，三只芦花鸡拼命地追赶着一只白鸡，白鸡的嘴里正叼着一块麻蛤肉，急得没命地躲、没命地藏。一只懒得像是抽去筋的小狗正趴在篱笆门边的阴凉处打着盹。大概是听到了生人的脚步声，它呼地挺起身，支起耳朵，睁了眼睛隔着篱笆墙往外张望。偏偏抢了食的鸡没长眼睛，一头撞到了狗的屁股上，狗便汪汪汪地回了身冲着院子四下里乱叫。

立在篱笆外的是北河堤下渔人的小女儿，手里拎了只大红色的塑料桶。俏俏的身影见了狂吠的狗，竟吓得懵住停了脚，怯怯的眼神瞪着篱笆缝里逞凶的小狗往外窜。姑娘真有些怕了，怯了，就想离开，可想想自己这是干什么来的，便又给自己壮了壮胆，使劲往前凑了下身子，眼睛已斜斜地伸向小屋黑洞洞的窗子里："有人在没？大伯，俺爹让我来借桶水喝。"黑洞洞的窗子里没有任何回声，姑娘又喊了一声，篱笆墙下的狗叫得更凶了。姑娘大概是被这肆虐的畜生真的惹恼了，嗔着声，跺着脚喊声"去"，便俯身拾起地上的树枝，狗一溜烟地窜进了西边的柴棚，哑了声。小屋门"吱"的一声拉开了，黑洞洞的门口，扶着门框站着的是一位瞎眼的老太太。明亮的日光下，照得那一脸慈祥的皱纹像是被吹皱了的西河水。"你是老肖家的闺女吧？"人都说盲人心明，姑娘心里暗暗念叨着，真是一点不假。"哎。"姑娘脆脆地答了声。"进来吧，闺女。门后缸里有，自己打。"门吱吱呀呀地全拉开了，鸡鸭"轰"的一声在姑娘的脚下炸了窝，一只只都跑走了。黑洞洞的小屋里一股凉气扑了过来，不知什么时候姑娘手里拎出几条用芦苇串着的鲫鱼来。"奶奶，俺爹说让我给您老带两条自己打的鱼。""哎，老肖这人啊。用点水就用点水吧！那么客气干吗！"老太太嘴里说着，却已伸手摸过了鱼，嘴里仍在絮叨："你爹是老实人啊……"

门"吱"的一声又关上了。狗又从柴棚里欢蹦乱跳地疯叫着追了出来。姑娘这次不怕了，放下桶便又佯装拾树枝，狗见了便又一溜烟地逃回到柴棚里去了。姑娘捂了嘴笑，笑得像天边那一朵灿烂的祥云。姑娘随后拍拍手，拎起水桶哼着歌向着河堤走去了，小路上洒下了一串淋漓的水印……

古道西风瘦马

　　这段时间以来心情一直是抑郁而愤懑的。几年来，这是在路上心情最糟糕的一次，无法解决、无力解脱的一种压抑，那种苦闷好像熬成汁的中药一样将心性完全浸泡成了苦苦的黑色。尽管刻意不去理它，可这混账东西仍会像幽灵一样时不时地来造访一下……所以我的这次出行也就第一次带上了一个非常鲜明的烙印——逃！

　　过了妙峰山的进山牌坊，山势陡起来，身边骑行的人也多起来。据说，妙峰山的盘山道是北京附近考验自行车骑手最佳的山道之一，所以一年四季都能招惹来众多的骑手们来此挑战。事实证明也确实如此，那九曲十八盘，一圈圈盘上去，路况极佳，转弯极险，景色不用说，真是每一圈都有不同的感觉，真正是骑行的好地方。

　　进山之后，山势忽然一下子高耸了起来，雄奇了起来。那山路像一圈圈的带子环绕在大山之上。走到半山腰时，天一下子阴了下来，停下车抬眼看，远处雾气昭昭，绿树掩映其间，空旷中让人感觉有一丝的阴冷。身边不断有艰难地喘着粗气上山的骑行者，也有疯了一般冲下山去的返程者，一路络绎不绝。

在到达山门前的最后一个转弯处，雨终于不请自到了。山门前已经站满了骑到山顶的骑行者。他们在一一排着队不停地举起座下的自行车，摆弄着各种动作留影纪念。但这些人没有愿意花上40元进到妙峰山里面去游览的，进景区的大部分都是坐汽车上来的朝山者。这里是京西道教名山，已有几百年的历史，最红火时是在民国时期，那时每逢庙会都会有无数的进香者来此上香祈福、求愿。我放好车，将包卸下后存到售票处便开始冒雨游山。

妙峰山的庙基不算宏大，不过是沿西边山顶顺势修建的玉皇顶和东北方向遥相呼应的娘娘庙两处殿房而已！爬上玉皇顶的半山时，雨已经越下越大了。终于游人们都被驱赶到了几座大殿的屋檐下，瑟缩着等着雨停。

出了玉皇顶到娘娘庙胡乱逛了一圈之后也没什么感觉，于是骑车下山。进山门时雨不请自来，这会出山门时雨不送而走。下山的路很是顺畅，只是在盘山路上空挡滑行时得始终踩着刹车。

重新回到109国道时已是太阳偏西了，向雁翅方向的道路因为施工只能改道绕行。在转过一座山梁时，一块小标牌一下子吸引了我——"马致远故居"。作为一个路人，见到"马致远"三个字的一瞬间，便不自觉地想起他那首脍炙人口的《天净沙·秋思》：

　　枯藤老树昏鸦，
　　小桥流水人家，
　　古道西风瘦马。
　　夕阳西下，
　　断肠人在天涯。

这首元曲是羁旅诗中的佳篇，尤其是在一个旅途中的游客眼里，味道更显不同。

既然如此有缘，就没理由这么轻易地错过。于是今晚准备住宿雁翅的计划就这样临时被更改了。进村的路实在是不好走，七扭八拐才到了一个小山村。村子道路两侧都是果园。零乱的篱笆包裹着满园的绿色。在果林的掩映中一个不大的山村便在它的背后安然地端坐着。穿过果园，进到村里之后才发现，这看似是一个山村，实际是由三个小村组成的。顺着山坡一直从山脚参差错落到山顶。

马致远的故居在半山腰处，先不论这故居的真假，光是小屋外面的那座小石桥和深深的小河，看上去倒真是有几分小桥流水人家的韵味。后来才得知，史料只是记载过马致远曾在京西居住过，但并没记载他确切居住过的地点。这里大概是当地开发旅游的需要，所以凭借着那句"小桥流水人家"，便把马致远的家安在了这里。的名句。不过走进小院，倒也对得起那几句小诗，清幽、宁静，素雅、简陋。小院里没有人，当我对着马致远的瘦铁马默默地凝思时，一位当地的导游小姑娘凑过来简单地介绍了几句。

出门顺着山道往上走，在一栋破败不堪的石屋前看到一座石头的碉楼。旁边的一块牌子上写着："当年的宋徽宗赵佶父子俩曾被幽禁于此，被关在石楼下的一个石井中'坐井观天'。"这段历史恐怕世人都曾听说过，当年被评书艺人们渲染得有声有色。我不知道这处遗迹是否有确实的考证，但我权且相信是这样吧！

往回走时，在快要下到山底处，看到村东有一条石砾与沙土筑成的小路伸向山里。丈余宽的路面早已废弃多年，上面野草丛生，应该是许久没有人行走了。旁边有牌子写着"京西古道"。放下车，我沿着古道一直往前走去。夕阳之中，远处的山已现朦胧。暮霭里山、草、树、路都被罩上了一层淡淡的暖色，山上山下村子里的烟囱已冒出了袅袅的炊烟。路在晚风中显得那么荒凉与孤寂，那板结的红土仿佛一块历经几百年风雨的化石。想想千余年来，花开花落，这古道上曾留下了多少路人的足迹，可如今留下来的只有泥土石块，人真正成了过客。即使一国之君的宋徽宗父子不也是混迹在这历史长河中，只匆匆留下一个历史的符号吗？

下到坡底在小村中找到一家农家院，问了价钱是 20 元，屋子是店主老夫妇俩的正房，没有热水、卫生间，可劳累了一天也顾不得那么多了。进屋脱下套在外面的雨裤才发现，里面的速干裤早已汗透，从上到下湿淋淋的。随后出去觅食，本来想着吃饭还成问题吗，可这次还真就成问题了，这三个村子组成的一个大自然村竟连个饭铺都没有。最后好歹在路边的一家农家院坐下，一看菜单，比吃大餐便宜不了多少。坐到店里，女店主一脸的冷漠，倒是店主的公公，一个山里朴素的老人，坐下身来，和我随便闲聊起来。说到这里也要拆迁了，老人好像很木然，没有激动也没有失落。说起我明天要去的幽州村，他的谈性起来了。他比画着告诉我如何走，到最后连他儿媳都嫌他烦了，便借故将他支走。一顿饭吃得很无味，倒不是东西如何，只是这饭做得太油腻，于是吃得人头发晕。临出门时老人送了出来，一直送了很远，那刻真的仿佛有些感动，为山里人那种朴实与真诚而感动。

在尘世间混得久了，竟然淡忘了乡间还有这样一种朴素而真诚的乡情……

下山，回店。农家院里店主的女儿一家来此度假，正围坐在院子里的葡萄架下烧烤。只听店主的女儿像只喜鹊一样叽叽喳喳地叫个不停，店主老汉只是坐在那里偶尔和姑爷说上两句，一会就退桌了。我躺在床上，少有的疲惫，连灯也不愿去开。屋里手机没有信号，偶尔上去一下便又掉线了，但就是这样，我还是在卫星定位上找到了这个深山里的小村——落难坡！这样让我猛然想起了山上的石头碉楼……

躺在这个叫落难坡的小山村的床上，仿佛与世隔绝了。联想这一天的行程，倒也有趣。有趣在外界的景物、人事仿佛是面镜子，经意不经意间总会让你窥到自己的某个影子。当我站在京西古道的晚风当中，遥望着远方的群山，身后立着的就是我的摩托车，那一刻多么像马致远当年牵着那匹瘦马临风吟唱的样子。"古道西风瘦马。夕阳西下，断肠人在天涯。"他那时的心境又是怎样的啊？但相比山上的赵氏父子，或许心情堪悲的马致远，到底还是幸运的，至少他还有瘦马相伴，西风相送，而那赵氏父子以一国君王之躯而坐井观天以挨时日，又该是种什么样的心境呢……

这一夜，我睡得很沉，只是不知明天会是一个什么样的明天呢？

夜宿石头村

"所有的岁月都是好的，无论起伏与兴衰、危险与坦途，永远是动的感觉与希望的幻景。"

在一个炎热的午后，我辞别了城市的喧嚣与办公室无聊的"争斗"，骑上摩托车上路了。路的尽头是一处群山，在几百公里之外，据说那里有一座古朴的石头村。因为在钢筋水泥丛中生活久了，情感或许已经麻木了，所以总想在荒芜的山石中寻找出一份世外的韵味与寄托来。我不知道这是不是现代人躲避生活与工作压力所采用的惯用手法，可我给自己的理由没有那么多的注释，赤裸裸的只有一个，那就是——逃避。尽管这对于每日周而复始、疲于奔命的生活来说短暂得或许可以忽略不计，可只要能为那颗抑郁与不安的心寻找到一块租借地，我想——那就值！于是车轮之下，路便成为最亲密的倾诉对象，在那无尽延展的道路上思绪尽可以随意去挥洒，肆无忌惮地去控告，风会像仕女一样慢慢地抚平你所有的烦躁与抑郁。

天苍白，但还算高远；路坎坷，可在它的尽头有一个安静的憧憬正等待着你，所以快乐与宁静已悄然上路……

走过梅厂后道路与心情都开始平静下来。一路信马由缰毫无

"追点"的紧张，因为那段路途就在心里，知道夜来临之前是肯定能到达的，所以心在压抑的深雾里只揉进了少许的、无滋无味的客路心情。远远的，路右岸的田野里悠悠地传来一串深邃的钟声，沸腾的心仿佛一下子被浇上了一瓢清泉，清凉立即波及全身。车子下了公路，在一处黄墙围困的庵庙前停住。黄、赭、红、灰、白一堆杂色垒筑起来的庄严，让人心里不由得为之一凛。步入庵院之中，一切还都在建设，但大的布局已然成形，佛像金身已在各殿堂中安身。信众有些稀少，或许是因为藏匿在乡野中的缘故吧，所以便定然要与清静结缘。几位出家人结伴从僧寮中走出来，急匆匆地闪入大雄宝殿后不见了。

出了庙，一路迎着北方微现暖黄的天空直骑了下去。进入蓟县县城，一路绕到了大山脚下。找到一个正在赶路的山民问询去石头村的方向，山民的热情着实令人感动，指引了还不算，还要送上几步。顺着山路盘上几遭，到了半山腰，再转过一道山梁后，一道牌坊矗立在眼前。过后便是石头村了，石头村是有大号的，只是因为大半的房子还保存着用石头垒筑成的风格，所以久之"石头村"的名便被摄友们叫响了。进村之后，很少见人，房子都是依山而建，因为旅游给炒热了，于是家家户户差不多都挂起了农家院的招牌。在村里转了几遭之后，最后选择了一家坐落在村后的农家院住下了。看看时间尚早，于是告诉店主，晚上留饭，自己便下山直奔县城去了。

进到县城，已是日头西垂了，几条子云彩被闲散地抛掷到了山那边。山风有些凉了，一天的暑气就此作别。在县城里首先想去的是独乐寺，全国比较有名的一座古刹。可到了门口一问价，还是 40 元。摸摸口袋，往里张望了一下，似乎能看到尽头。"算了吧"，于是又一次与独乐说再见了。县城的发展很快，这座古时的蓟州如今已无半点古老可言，就是那仿古的一条街看上去也是现代气息浓郁。于是围着城又是信马由缰地转啊转，总感觉这好不容易来的闲适，不能让它就这么轻易地溜走了，于是一直转到天黑了，这才回山。

上了山，人仿佛一下钻进了一只黑口袋里，背后是万家灯火，而前方却是黑漆漆的一片。只有天是有色彩的，青蓝得像一块玻璃镶嵌在山顶之上。四下里一座座大山像墙壁一样耸立着，团团围困着你，而且在转过每一道山梁之时都会吓你一跳，以为撞到了墙上。山里的星星特别明亮，仰起头，一簇簇看得非常清晰。因为这个原因，所以天显得高远得不得了。偶尔从远处的山谷里会传来几声凄厉的鸟叫，悠悠地回荡，可那黑的夜早已抹平了四周的一切，于是知觉也就完全退守到了耳朵边上。山路两旁的各类虫豸兴奋起来了，在我车轮左右起伏跌宕地欢唱着。山路像一条从隧道中流出来的暗河，不知它要流向哪里，也不知它下一个回旋会在哪里开始，能看到的只有车灯前一两米的山路。车子就这样在山路上像一只孤魂野鬼般地颠簸、飘荡着……终于看到灯光了，星星点点地在前面一片山坡上闪烁着、耀动着，依稀有两声狗吠传来，那感觉也是一种亲切……

摸黑找到农家院，还未进院一股划拳猜令的喧闹声已经像乡下顽皮的孩子一样颠颠地跑着迎了出来。小院里灯火通明，野茉莉与葡萄藤的空隙间，一大桌游客正在猜拳行乐。店主见我回来了，忙招呼我吃饭，小院里花香四溢，一团飞虫围着檐下的路灯绕个不停，昏黄的灯火中树影婆娑，山村的夜真是令人沉醉。我草草地吃过饭，便回屋躺到了床上。一天的劳累悄悄地爬上了身，累却是清醒着的！躺在床上一直辗转难眠，伴着院里的吵闹声，一时竟睡意全无。电视仿佛成了这寂寞黑夜最好的伙伴，一个个的频道在手底里像梦游一般毫无意识地调换着，外面的声音渐消，最后只剩下了电视机的声音在小院里孤独地响着，夜显得那么空灵寂静。村里的狗叫声像是音箱的混音在断断续续地回放。店老板起夜不知是在做什么，里屋便传来老板娘的牢骚，随后有下房孩子的哭声和孩子妈妈的呵斥。我不知什么时候朦朦胧胧地睡去的。天快亮时，做了一个梦，梦到了病重的祖父，身子缩短了站在地上。惊醒后，心里寻思不是祖父有变故吧，于是忙给家里打电话，直到家里告知没事，心才稍稍放下。

第二天一早起来，看到村里到处都弥漫着一层淡淡的雾气。我拿着 DV（摄像机）在村里上上下下地转了个遍。感触最深的是村里的节奏比城里大概慢了有二十几年，颇有《聊斋志异》中荒村野店的感觉。除了偶尔从街道中闪现而出的一两只野狗，看不到人。草在村子任意一个空隙间都肆无忌惮地疯长着，绿色便像水一样流进了每一块石头那坚硬的缝隙中。灰色的瓦、白色的石头，像还没有氤氲开的水墨画。19 年前，我曾在这附近的大山之中，一个画夹，一支画笔，落寞地行走了好多天。可今天看到这一切仿佛仍是昨天的色调，灰，成熟的灰调，在记忆中只是已冻成一块完整的琥珀！黑洞洞的窗子里面藏着一种古朴与陈旧，树没有高大的，但却都有一种山里人的那种"犟骨气"，无论在什么地方，生长得都十分执着。村集广场边上的一块不大的空地上，一头驴正在吭哧吭哧地拉着一盘磨磨面，看上去很是可笑，可伫立良久，我忽然感觉那滑稽的眼罩怎么又像是戴在我们的眼睛上呢。再看看那转磨的驴、随驴转的老汉和随着老汉转的石磨，像是在说明着什么，可又说明了什么呢？早晨山里的雾，不浓而零散，只程式化似的聚了又散掉，大概是算计着完成了一天的活计，便收工而去了。

太阳出来了，我也要下山了，匆匆来了，亦是匆匆离去，缘却写在了记忆里。一面石墙就是一块碑，块垒间书写着历史的穷变与天地的晴雨！似乎每一条小路的尽头都能让你联想到无穷的静谧！

心在那里是安静的，轻适的。告别了热情而纯朴的店主人，便下山奔盘山而去……

湖下的村子

　　远远停了摩托车，绿草殷殷的河塘和古朴原始的小村庄不见了，几台隆隆的机器正忙碌着。天依然可见白云，依旧像是昨日的，可依稀间仿佛少了些单纯，木讷得即便是飘动也仍显得呆板，十年未见了吧……

　　那时总有大块的闲暇可供驱使。下了班便可不声不响地挎上相机，出校门向东，一直朝着湖下的那片原始的小村庄行去。村于是清一色的土坯房。时至今日，还这样完整地保留着，不能不说是个奇迹，据说当年市电视台拍摄一部抗日的影片，外景就在这里拍摄的。

　　站在高高的湖堤上可以鸟瞰整个村子，四边是无尽的田野，暮色中总显得有些苍茫。那小村便卧在这苍茫中，看上去是灰灰沓沓一片沉郁。偏巧这时炊烟四起了，或长或短在半空中糊涂成一片，于是便又增添了些许神秘。村后的金钟河，当年的县大队就曾在这里伏击过国民党的粮船。望望远处深邃的村街，一洞洞黑漆漆的窗口，竟真不知这里住下的都是些什么人。

　　傍晚的风总是带着丝丝潮气从背后的湖上吹来。太阳就在斜下里的玉米地背后，光芒总还是带有些锋芒的，看了刺得人眼生疼，玉米就在这暖色中又加染进了一层暖色。村路像是条分水岭，一半在光芒中一半却在阴郁里。阳光至此便再不敢越雷池一步，路东的一棵棵向日葵齐刷刷地向西侧了头，金黄色的葵花在风中微微地荡漾。一条条长长的阴影深深地楔进地里，横斜交错着和天空上的蔚蓝一起绘成了一片冷艳。

村路上一挂骡车晃晃悠悠地从玉米地里钻了出来。车辕上农人一手扶在骡子屁股上，一手却将鞭子在地上拖起一溜尘烟。农人的腿在车辕下疲怠而随意地前后踢荡着，人与骡与车都像是疲透了。夕阳总像一幕橘色的门帘吹撩得人恋家，几缕晚风像是听了喊声的娃娃，一扑而过，留下的是亲切与熟悉。斜阳映红了农人的半张脸，眼是半眯着的，浓厚的一条影子斜斜地拉在车下，前面是骡后面是车，黏连在一起像一条逆流的大鲵，迎着炊烟与夕阳下的灰赭的村庄游去。几个孩子斜骑着和自己差不多高的自行车，蚱蜢一样跳过来从大车旁驰过，一只只书包鼓鼓囊囊地箍在胳肢窝下，冲在最头里的一个孩子侧了头冲着车上的人喊："老黑贵光棍头，老黑贵光棍头……""小兔崽子，你爹才是光棍头，回家喊你爹去……"

啪———声鞭响，骡停了，刚好停在村前的第一间土房前。院里的土灶上正腾腾地冒着热气，一位六旬上下的老太太正在灶旁忙活着，几只鸡显得轻闲，在地上拾着灶上掉下的碎米剩菜。车上的老汉跳下来，转到车尾顺手拎下一捆毛豆朝小屋走来。刚骑过去的孩子这时忽地又旋风般地转了回来。"老黑贵爱黄海妈，老黑贵爱黄海妈……"老黑贵这下急了，扔下毛豆拾起一块土坷垃飞了过去，孩子们又一窝蜂似的散了。老黑贵转了身重又拾起毛豆，灶旁的老太太已直了腰，那是张苍老却又慈祥的脸。慈祥得像笑开的向日葵。"在地头收了捆毛豆。他大婶，回头煮了，吃个青儿。""受这累干吗，我这老牙笨齿的。""吃个青儿……"老黑贵讷讷地重复着，却不知什么时候已经转了身子，再一跳便跨上了车。

"驾——"车子又上路了，车辕上依然是踢荡起的两条腿，车子依然是不紧不慢地走着。老太太弯下腰拉了一下那捆毛豆却没拉动，便又抬了头看已走出老远的骡车，赶骡的鞭哨还能听到，老黑贵的吆喝声也还能听见，可是越来越远了……

残阳跳下了屋顶，天空尽管还是一片浅淡的蓝，可一弯月牙不知什么时候已挂上了天空。静，又是另一种静来了，来得悄然。

甲山之战

从铁厂沿国道出来几公里的样子，在路西有座突兀的山峰，山真的不是很高，站在公路上环顾周围连绵起伏的群山，如果不是刻意去寻找的话，都不会注意到它。更不会想到，这座在百度与谷歌地图上都找不到的小山包——甲山，曾在75年前发生过一次惨烈无比的战斗。

应当说，那是一场英勇的战斗！

1942年4月，我八路军冀东军分区十二团二营四连与独立营特务连护送一批政治干部去平西根据地受训。任务完成后，他们在十二团政委刘诚光、二营教导员苏连存的率领下，从"路南"越过敌人封锁线，秘密进驻到迁西县松山峪一带。晚间，由于发现附近有敌情，政委刘诚光下令绕道转移，经前坡峪到达遵化境内，分别在范庄一带宿营。

次日凌晨3点，有侦察员报告：发现日军已窜至霍庄一带。天蒙蒙亮时，侦察员又报告说他们驻地的庄头也发现了伪治安军。于是，营部立即下令转移，可为时已晚，这时敌人已占据了范庄的东、西山头，卡住了出山的道路。在这种情况下，政委刘诚光当机立断指挥部队迅速抢占附近的高地，并以排为战斗单位，一鼓作气冲上了甲山。当太阳刚刚升起时，四连连长已经率部占领了东山头，特务连占领了西山头。7点钟左右，部队占领整个甲山，并迅速进入战斗状态。

甲山是座孤山，东西长三四公里。我军抢占之后，敌人迅速从西、北、东三面包围了上来。当时日军总兵力1000余人，而我军只有263人。这场战斗从上午8点多钟一直打到夜幕降临，持续了将近一天。最后我军有258名战士壮烈殉国。之后鬼子用卡车先后运走日伪军的几百具尸体，其中九名日本军官在甲山附近的莫家屯火化。

这是一场在抗日战争史中没有记载的战役。

1978年，当地政府在当年埋葬了258位烈士遗体的地方修起了两间展室，立了一座纪念碑。

我找到甲山陵园时，是在一个午后。太阳暖暖的，四下里静得像一潭湖水。绿树掩映之中，一座被荒草包裹起来的园子就那么安静地躺在甲山的正北面的山坡上。抬头就可以看到远处那座孤零零的甲山，满山的苍翠，只是昔日的硝烟与战火早已淹没在了历史的长河之中。一圈铁栅栏，已经是锈迹斑斑了。从上了锁的铁门进去，迎面是一座被风雨侵蚀得斑驳不堪的纪念碑，上面写着"抗日烈士永垂不朽"几个大字。碑下的石座前几支枯黄的花束和花圈，大概是不久前清明节时学校或团体来此祭扫时留下的。

绕过纪念碑，往东面看，是一片茂密的松林。松树的枝杈肆意地横长，整个林子已遮盖得严严实实了。在松枝的掩映下，我看见由东向西整齐排列着四条一米多宽二三十米长的土埝。土埝上每隔几米上面便压着一张纸钱，我一下子明白了，这四条长长的土埝便是当年甲山遭遇战牺牲的烈士们的坟墓。一位研究冀东革命史的朋友曾告诉我，那次战斗，打到最后，八路军战士凭借着有利的地形，顽强阻击，日本鬼子一次次地强攻都没有冲上去，最后因为伤亡过大，只好从唐山等地调来重炮进行轰击，凡是见到山上有人活动便用炮击，后来没有人了，日军还继续轰击了好长一段时间。战斗结束，日军撤走后，村民在一位教员的率领下上山收尸时发现，许多尸体已经被炸得血肉模糊、支离破碎了，根本无法收拾。万般无奈之下，只好用耙子一下下把残缺不全的肢体搂到一起，然后再用抬筐抬下山去。所以，到最后下葬时已无法单独起坟，只好在甲山的西北一处高坡上，由西向东筑起了四条土埝，这恐怕在国内的所有陵园中也是极其少见的吧！

当然，关于这场战斗如此惨烈的原因是多方面的。由于这是一次遭遇战，战前没有做好充分的战斗准备，仓促迎战是最主要的一个原因。但确切地说，在战斗打响之前是发现了敌情的，而且也还是有机会进行转移的。当时在后刘庄发现敌情时，如果能果断进行转移的话是完全可以避免与敌人的正面遭遇的，但由于指挥员的大意，让这伙日军最后绕到了甲山的后面，形成了对八路军的合围态势。随后，当敌人从四面开始合围后，两位指挥官又犯了一个致命的错误，事先没有勘察好地形便抢占了甲山阵地，结果这个山头恰恰是一座孤山。但当我们再次翻开尘封的记忆，我们仍会为那种用热血捍卫了民族尊严，用生命抵抗了异族入侵的伟大的爱国主义精神和不屈的英雄气概所感动。

冀东军分区政治部主任、十二团政委刘诚光是江西红安人，他牺牲时才年仅 27 岁。在甲山战斗的最后一刻，他拉响了手里唯一的一颗手榴弹（当时冀东军分区的许多干部身上都配有一颗手榴弹，称光荣弹，那是最后在万不得已情况下留给自己的），与敌人同归于尽了。而二营指导员苏连存牺牲得更是悲壮。在他牺牲前，村里的一位老乡曾送给他一件黄色的毛衣。战后村民上山收尸时，在血肉模糊的死尸堆里，老乡一眼便认出了他的遗体。据说找到他时，他前胸被鬼子的刺刀前后捅了九处之多，至今这件满是洞眼的毛衣还珍藏在冀东革命烈士陵园。

几十年后的今天，当我们重新回忆这次战斗，我们看到了一种悲壮，一种人性在巨大的战争机器的碾压下产生的英勇与豪迈，并由此而诞生出的一种为国家与民族而进行不屈的抗争精神，这种精神一直在激励着后人，并成为我们这个民族宝贵的财富存储于历史的记忆中！

到兴城去看海

　　有人说，或是读书或是旅行，灵魂与身体总有一个应该在路上。蛰伏了一冬，书读得不多，但上路的心情却越发焦急起来……想去辽宁的兴城，是因为它是中国保留古城墙最完整的三个城市之一。

　　尽管一路阳光，但感觉到一种比关内莫名的清冷，惬意的感觉是那满世界的花，梨花、丁香，还有许多的不知名的花香，真是香气盈鼻。

古　城

　　兴城古称宁远，这在中国明末清初可是个响当当的地名，一场场明朝和后金之间的城池争夺战在这里上演。人说时势造英雄，可宁远也造就了一个个在中国历史上响当当的人物：袁崇焕、祖大寿、吴三桂……他们一个个都在这座城池下留下了自己的大名。想当年烽火连天、流矢血刃，不知有多少白骨累积在宁远城下，但这座钢铁般的城堡却始终屹立于山海关外，巍然不倒。之后吴三桂降清，火焚宁远，战争的历史从此在这里悄悄走开。

今天的宁远早已改称兴城。我住宿的地方离古城很近，晚上骑车进到古城里，一眼望去，虽说处处都是古旧房舍，但却让人感觉不到沧桑。街道大都是在原址上复原的，一圈青砖城墙围城而建，城中心偏西是一座鼓楼，鼓楼正东是一条商业街。沿街而行，游人不是很多，或许是因为我来得有些早，没到节假日的缘故。最后在一家卖旅游商品的小店前停了下来，进去后选了一本当地地图和一册旅游书籍，店主看上去50多岁的样子，很是善谈。第一次在东北接触当地人，感觉店主很是豪爽。闲话时店主推荐我去附近的一家小吃铺品一品当地土酿的烧酒，于是又聊了一会后便依店主指点，找到了那家隐在一条胡同深处的小饭店。进店坐下后说明了来意，店主果然豪爽地从一只水壶里倒出一杯烧酒端给我，入口品之果然是土酿，带着一股土腥味，咽下却很醇烈，之后点了一盘墨鱼炒韭菜和一个凉菜，菜不贵，可量着实不少，满满一盘到最后也没吃完，东北人的大气可见一斑。店里没有客人，喝酒时男主人拿了一堆干辣子在我面前一边择一边和我聊天，女主人在一边抽烟。昏暗冷寂的小店内，那种异地的纯朴，真如过去农村土炕上三五村邻闲话聊天一般。难得的记忆，难得的回忆！

出了店已是华灯初上了，古城的街上已没什么人，在一个拐角处却发现还有一家店铺亮着灯，过去一看竟是家书店。在这古旧的城里，在这满世界商品堆积的城市，有那么一个书店，真让人感觉到一种书香的温馨，最后择选了两册秘史类的书作为这次出行的一个纪念！

第二天，一早在古城买的通票。七个景点，最有价值的是文庙，据说是东北地区保存最完整的。不过全国各地的文庙都是一个模式，有所区别的也许是位于偏处的乡贤殿与本地的历代孔门名儒，这也是我去各地文庙最喜欢去的地方，每次从那里出来都能受到一次正能量的教育。尤其是中国儒家那种严格律己与坚守忍隐的处世哲学，更是让人能产生一种心灵的洗涤。出文庙去的是督帅府，这个地方也值得一去，有人说这里全部是后来翻建的，没有文物价值，实际不然。翻建一般都是依古例而修建，从中我们还是能窥视到一种当年的历史风貌。再之后，从正北的城楼我登上了城墙，站在城墙上向外看，想象着当年千军万马围城，双方刀光剑影、箭矢纷飞的画面，内心之中不免仍有一番震撼。站在城墙之上一眼可眺望全城，这城方圆只有八公里，可这几万人口的小城却能面对强敌围城坚守数月，甚至半年以上，真是不能不说是个奇迹。想到此，忽然我的心里冒出个问题：当年四城紧闭时，城里的百姓又是怎样生活的呢？可惜历史记载的总是攻守双方的血腥厮杀，却少有人记录这方面的文字，遗憾！

看　海

兴城最有名的除了古城还有海滨，这段海岸线北接葫芦岛，南连北戴河，在我看来这里要比北戴河更娴静、更清澈、更辽阔。

回家之后回忆起这一路的行程，古城虽说是最有名的，可我最难忘的却是那片海。闭上眼，便浮现出一片蔚蓝色的海洋，波浪涌动，沙岸连绵，海天高远。兴城的海滨浴场不是太大，从码头到妈祖庙顺海岸线骑行的话也就 20 多分钟。我去的时候天气还凉，海边的人不是太多，也没有人下水，所以大都在海边的沙滩上玩耍或是在海滩上拾海。顺着海边的公路慢慢地骑行，远方海天相交的地方偶有渔船与游轮停驻，海风很大，带着涩涩的咸味。停下车爬上一处高冈，俯瞰四周风景一览无余，那一刻心忽然被打开了，坐在一块大礁岩上，呼呼的海风不绝于耳，海浪奔涌。那一刻不知为什么忽然想起了 20 多年前在北戴河写生时的情形，那是第一次看海，还是少年的我，虽说也是生活在海滨城市，可还是第一次见到那么辽阔的大海，惊喜、激动、雀跃。那次在海边与海相伴，足足生活了 15 天，三五个同学一起在海边拾海，也曾像流浪者一样背着一副大大的画夹从海滩的这头儿流浪到那头儿，曾因海潮上涨和一群同学困在石礁上，也曾在海边煮着各种小虾小鱼……一切都像风一样飘远了，只存留下一层淡淡的回忆，印象最深的是领队的老先生说的一句话，"我来这里十几次，那次从下放的乡下返城，我到了这里，看到那辽阔的大海，我的心胸一下子为之一震，这辈子算白活了……"他说这话时我能理解，大概是面对海的辽阔，再回望生活中的顺逆荣辱又算得了什么呢？心胸敞亮了，一切事物便都成了微不足道的蚍蜉……

诸　寺

　　一直以为东北地区不会有太多的寺院，可在游古城时买了一张葫芦岛地区的旅游地图，发现那上面标注的寺院之多，竟然比京津冀毫不逊色。

朝阳寺在一条山沟里，进得山才发现这路竟然与门头沟的白瀑寺和密云的某寺是那么相似，我喜欢。那么清宁，那么幽静，更像是座隐修的处所。到了近前才发现这是座道观，小的只有一进院子，历史可上溯到清初。从高高的山门进去后，小院子倚山而建，山风迎面吹来，竟是满院的清幽。转到后面的几座殿房里，也都是道家常供奉的一些神像。

去莲花山的圣水寺是在游玩海滨之后。一路真是尘土飞扬，到了那之后已是下午4点了。走到门口，才看到里面正在重修，谢绝参观。最后和看门人好说歹说，总算让我进去了。到里面一看，真是一座完整的古寺，处处青砖青瓦，抱搂粗的古树处处可见，而且一座座建筑都是高耸雄奇。那份古老看上去百十年的历史总是有的，而且整体没有被破坏，这在我走过的所有寺庙中还真不多见。装修的工人很多，有做扩建的，也有做修复的，真是不虚此行！一路在寺里随便游览，一边四处拍照，一边赞叹，最近因为时常在微信朋友圈里看一些朋友晒些收藏的砖拓、碑拓，所以便留心了一下，竟发现里面不论是门窗的木雕、彩绘，还是房檐的瓦当和房基的砖刻，以及院中的碑刻竟然都可以用"精彩绝伦"四个字来形容，只是因为时间太紧所以也无心细细观摩，只好走马观花而出。

回到城里已是傍晚，转天天空阴霾。一路顶着雨骑行到河北地界的卢龙服务区时，天空已是一片晴朗，远处蓝天白云……

粗略算来，八年间，出行已有第十五六次了，年过不惑的我依然还是喜欢这项户外运动。尽管每次的路上都会有风雨的阻挡，有这样或那样的意外惊险发生，可我依然喜欢在路上的那种感觉。生命的长度我们无法测度，可在有生之年我们可以力争将生命的宽度拓展到极致，当然这宽度的定义因人而异。读书、工作、写作之余，我将"骑行"作为我拓展生命宽度的最佳方式，因为我厌烦僵死不变的生活，生命就是那么几十年的事，半生在不知不觉中已经过来了，而且每日里我们毫无选择地将生命的大部分都"捐赠"给了那循规蹈矩的工作与生活，为什么就不能偶尔抽出点时间来，给自己一些放纵与自由呢？那一路的尘土与阳光，那无数的风光与野趣，偶遇的人或事，好像都要比书与影视中的故事更加感人，我们为什么不走出去看看呢？就在这个5月，当全国人民为着网上一句"世界那么大，我想去看看！"而争论不已之时，我已经悄悄地又骑车上路了！

"这个世界很大，我去看了！"

风风火火上梁山

  莘县城里据说只有一处古迹，就是位于县城中心的燕塔，来了总得瞻仰一下，不然总有些虚行之感。赶到时，燕塔正赶上维修，所以只能远观了，但就是远观也足以见证它的巍峨，这是出乎意料的事！快出县城时在一个摊位要了份早点，"八批果子"和"鸡蛋荷包"这两样是鲁西北地区有名的小吃，我一样要了一份，当然果子已经不是八批了，不过"鸡蛋荷包"倒是很地道。摊主的女儿见我这身行头很是热情，问这问那，充满了好奇。打听好了去梁山的路之后便一路狂奔而去。

  去梁山首先要过武大郎的家乡阳谷县，进了县城才感觉这地方好像比莘县要落后好多，包括之后到梁山一路所经过的若干个村镇，所以这里从宋代到民国几百年间便时时有豪杰揭竿而起。阳谷县没什么古迹，只有县中心的狮子楼，也就是《水浒传》中武二郎怒杀西门大官人的地方。到了那，见楼上楼下都是人，票价又不菲，实在是没有上去的必要，停住车和楼合了张影，本想多看一会的，可身旁一位像武大的老人举着武大郎牌的烧饼不停地在我面前推销，非让我买上一盒，最后我一怒跨上车风风火火地奔了梁山。

快到梁山时照例要渡过黄河，几年里已经在黄河的若干个渡口、大桥上多次翻越过黄河了。上了黄河大堤后，一块石碑立在了堤上，上书"刘邓大军强渡黄河处"。这倒是个可以纪念的地方，千里跃进大别山，刘邓大军就是从这里过河的。不远的地方一排铁船连成了一座浮桥，这座桥叫将军渡，我想就是由此而来吧。站在桥上看着翻滚着的黄河水滚滚而下，颇有一种人生如梦之感。在桥上凭吊一番，再上车走人，忽然有了一种收获感，收获了什么呢？或许是一种不到黄河非好汉的"驴人"自得吧！

快到中午时到了梁山脚下，到处都是车和人，这或许也算是太平盛世的一景吧！红男绿女们争先恐后地向山上涌去。我去的是后门，最先到的是毛泽东 26 岁那年从北京南下游历梁山时的休息处。据说当年他住在山下的一家姓马的家庙里，他是游历完了曲阜孔庙和邹城的孟庙后到的这里。

过了毛泽东休息处，是宋江战船，据说宋江当年仰仗八百里水泊，靠缴获的官府战船一次次大胜官军。客观上说，这梁山当年倒也真是占足了地势之优，从鲁西北一路过来，全是一望无际的大平原，只是到了梁山这一带后才突兀起这一片孤山，之后奔东南走又是大平原，所以这也就成了当年起义的豪杰们最天然的啸居之处了。从后山登上半山坡，可以俯瞰四周群山。有导游介绍，西南的一座山包据说是当年梁山英雄轰天雷凌振的炮兵驻守的，因为那座山头正好把持着后山上山的要道。你瞧——这不大的一座梁山竟把一个山头让给了炮兵来驻守，谁说古代人们对火器不热衷？山下便是半壁湖泊，导游说，当年因为黄河改道这里成了黄泛区，围绕着梁山有八百里的水泊，梁山是三面环水一面靠山，所以才易守难攻，而现在已经只剩下一面环水了。所以针对于此，当地政府决定，拆迁造湖，还梁山本来面貌，不知这对当地百姓来说是喜还是忧，不过开发旅游项目能够赚钱是肯定的！

再往上走有豹子头林教头的石雕，旁边便是他手刃王伦的断金亭。断金亭旁边是一条石头小路，牌子上写着"宋江马道"。据说是玉臂匠金大坚开凿出来专门用来运送粮草的。沿石路向上，时而有来往的马队驮着游客上山，有时马队不管不顾地将游人挤到了路边，常惹得游人不满地叫嚷，牵马的生意人却笑着说："这是马道！"游人无言以对，只得怒目相送！

到了山顶再往前走，忽然见前面一块巨石之下，传来一声大喊："此山是我开，此树是我栽，要想从此过，留下买路财！"那一声喊还真把游人吓住了，再定睛一看，一个身着黑袍，手持双斧，贴着一把假胡子的人正大声冲着过路的游人叫喊。见大家都被吓住了，这人却哈哈大笑起来："合影五元。"这人的身后巨石上凿着"黑风寨"三个大字。有人喊到"李逵啊"，那"李逵"哈哈大笑，又有人说："我看像是李鬼！"

大石的边上是黑风亭，一个不起眼的亭子，可听导游说，这里叫黑风口，平时不太显眼，到了冬天刮起大风来，可是了不得。有一年这个亭子的盖竟然都被大风掀走了。这么一说，看来黑风口之说果然名不虚传。

顺小路再往上走，是奔聚义厅。在路边的一处林子边上，穿着一身古装的女子一下子吸引了许多的游客。女子的面前摆了一张桌子，桌子上是几排碗和一只古筝。旁边立着一个牌子上写着

"碗乐"二字，下面是价目表，十元到几十元一首不等，路边围观的人很多却极少有人慷慨解囊的，这时忽然冲进来一个赤裸着后背的中年汉子，脖子上还驮着个孩子，他冲进来后便一屁股坐到了桌旁："来来来，点这个。"说着指着一首乐曲将价目表扔给了女子，那神情倒极像《水浒传》中的鲁达一般。女子看到歌单于是轻舒玉指，划动古筝，口中唱起了《沧海一声笑》：

沧海一声笑

滔滔两岸潮

浮沉随浪只记今朝

苍天笑纷纷世上潮

谁负谁胜出天知晓

江山笑烟雨遥

涛浪淘尽红尘俗世几多娇

清风笑竟惹寂寥

豪情还剩了一襟晚照

苍生笑不再寂寥

豪情仍在痴痴笑笑

啦……啦……

女子音韵圆润，曲调凄婉，林风吹动，山谷回音，虽四周人影游动，可那一刻还是令人感觉心头酸楚。听罢一曲，汉子扔过一张钞票，旁边有人喊再来一首，汉子大笑着摆手："不了不了——"说罢扛起孩子大笑而去。

到了聚义厅，里面一百单八将的座椅分列两厢，每把椅子的后面是一面大旗，游人可任意选择自己喜欢的座位拍照，我挤进去后一屁股坐下，往后一看——花和尚鲁智深，得，看来与此僧有缘！

转过聚义厅后面是几座小庙和藏经阁，不过一个古井倒是挺有趣，可是这山顶之上如何有水呢？旁边还有一个凉亭，据说是收藏当年宋江起义时天降陨石的地方，那石头上面有一百单八将的姓名，人们便为这群人冠名为天罡地煞之星。走上前去，那石头还在亭中，我探头看时，分明是被人凿上去的，于是猜想大概和刘邦斩蛇起义的故事差不多，多是后人牵强附会或者当事人为证明自己行为的合法化而为自己开具的"法理证明"。那宋江入了梁山，想在道义上翻身便只能借助神明了，于是这上天降下神煞的口谕便成了这一百单八将的护身符。而这也从侧面让人领教了"名教"正统地位在人们心理上的强固作用，即使对成功的草根人物来说，也从不包容，而这也就有了李世民为何与老子攀亲、朱元璋与朱熹论祖的典故了。

时间已经不早了，因为天黑前还要赶往邹城孟子的家乡，所以只得匆匆结束行程，看看对面一条山脊上的几处庙宇，本来想过去的，可距离天黑仅剩 4 小时的时间，我还有 200 多公里的路要赶，所以也只能就此作别了吧！

游潭柘寺

迎面是一座青色的大山，像一面巨大的石墙砌在了面前。人站在山下须高高地抬了头，才会越过那山峰看到一角蓝蓝的天，真的从来没有感觉过一座山离你会是那么近。导游说，潭柘寺以山为屏！回头看时真的像一扇厚重的屏风挡在那里。

穿过牌楼是一座石桥，桥下一条弯弯曲曲的深沟护绕着古寺。沟中已不见有水，干涸的沟底一块块石砾在阳光下反着白色的光，看上去让人有些眼晕。远远看去，寺庙的山门不算高大，但康熙御笔的"敕建岫云禅寺"还是给人以庄严感。走进天王殿，一只功德箱摆在了面前，鲜红的箱子像是一张涨红的脸，让人难以拒绝。

大殿里显得很冷清，那背靠着大山的正殿似乎总给人以山殿合一的感觉。殿前象征着"百事如意"的柏、柿两棵古树早已经拧合在一起了，所以取谐音"百事"。殿东有两棵茂盛的松树，因唐山大地震给震裂了便用铁圈箍了起来。导游对着一群游人说："末代皇帝溥仪曾在新中国成立后来到这里。听寺里僧人说，清朝每登基一位皇帝这棵树便会长出一支新权。溥仪看后良久没有说话，最后指着一支弯曲的小权说：'那棵不成材的小权就是我呀!'"

穿过一排僧房，一座素雅的小院进入视野中。小院正中一座凉亭下便是著名的"曲水流觞"了。一圈石砌蜿蜒的水槽在丁香树的花阴下晒露着点点光斑。时光在这里似乎慢慢地静止了，那石泉上分明印留着当年儒雅的君臣在泉下顺水推杯、乘兴饮酒、激情赋诗的情形。俱往矣！在历史的长河里只留下了那座北房正屋里供奉着的乾隆皇帝的泥像了。据说，当年明初奇僧姚广孝也曾在这小院里静修，后世更有许多作家常来这里进行文学创作。于是这流杯亭的泉水之中便浓浓地印上了一种文化的痕迹。

出了院，沿着石砌的小路一直到了建在崖上的毗卢阁，那已然是在正殿的屋顶上了。站在回廊上可以鸟瞰全寺。

下了毗卢阁总不愿随人群在导游的手指下晃动，自己和家人便悄悄地从西面一路走了下来，红色的矮墙下忽然开了一道小门，半掩着的，看看没人便推门走了出去。站到门外的一刹那间我忽然感觉像是进入了另一个世界，一面浓厚阴郁的绿色重重地推了过来。寺和山挤出了一块半圆的山谷，我顺着小石梯一直走到了谷底。山就在头顶上，看不到天空，满处的绿色像流水一样，一块块地流进了眼里心里，一份清凉油然而生，一直沁透心底。我静静地看着四周，只听到啾啾的鸟声在山谷中空响却不见鸟影，真像王维的辋川山谷啊！"空山不见人，但闻人语响。"想大声地狂喊几声可又不忍击碎这宁静。能在此隐居，读读书、种种菜该是种多么惬意的生活啊！坐在一块顽石之上，天空已被遮天蔽日的林子过滤得只剩星星点点的光斑了。筛去了阳光的山谷，只有森郁的绿色带来的无边的寂静，人此时好像石上的绿苔一样与山融为一体了。

坐了多长时间已然忘却了，只是看到山门中又出现妻的身影，才知道时间大概是过了很久了。"我还以为你丢了呢，转了半天也没见你上来!"妻嗔怒着，我拍拍屁股，笑笑走上山来，又回首望望那山林深处无边的寂静，哎! 难得浮生半日闲，不过能体会这片刻的宁静对于现代人来说，想也该知足了。

进了山门，一块红色的寺墙重新捧出一个喧嚣的世界来，那宁静已被圈在了墙外。忽然想起郁达夫的《故国的秋》来，那"潭柘寺的钟声"该是旧北京的一景吧! 这次来，我没有听到那钟声，萦绕在心头的却始终是那山谷中的幽静。想来，即使有钟声的话，也未必能替代得了那片幽静的感觉。也许人与人、人与物、人与自然之间，都有一种缘分吧……

河南大峪

从黄花川河口附近的国道拐下来有座石头小桥，骑过去便到了滦河的对岸。一条由碎石子铺成的山道盘绕在半山腰。路的一边是山崖一边是峭壁，峭壁之上许多裸露的岩石已经风化得很严重，不时便会掉落下来几块，大的如球小的如拳。于是我便一路提心吊胆地紧贴着路的外沿骑行。

滦河在这里转了个 90 度的大弯，两岸的大山也随着这河流呈"八"字形向外分裂出去，当中留下的是一大片平展而宽阔的河滩。或许是因为长年的干旱，河滩上已被种上了大片的庄稼，横的一块，竖的一块，长的一块，短的一块，三三两两的农人在河滩上忙碌着，牵犁的、扶锄的、喷农药的……远远望去，人小得像是蚂蚁。远处的山是翠绿的，一座连着一座，像一面巨大的屏障。河时窄时宽，依着自己的性情蜿蜒曲折地缓缓前行。河里的水流不算大，看不到奔腾的水流，在一个回转处山路忽然转向南，河却奔了东，于是这个被熊抱的山坳就成了一个天然的码头，码头边的河滩上晾了几十条渔船，个个都是底朝着上，河里停着的几只船上也没有人，只有几只细长的竹竿插在船的周围，随着水波微微地晃动着。那河一下子变得宽阔了，兀自孤独地向前流去，迎着朝阳，水面泛起一片白晶晶的波纹。

据当地人说："转过前面的那个山梁，这河就不叫滦河了，那就是大黑汀水库了！"

路依然任性地往山里扎，而我与那大黑汀水库也就再无见面的机会。穿过一个不大的山村之后，路越发陡起来，车子只能挂着一挡前行，连续的几个大弯，不知何时忽然发现自己竟已置身山顶了。在一处缓坡处停住车回身一望，哇——身后竟是一整列峰峦叠嶂大山，那雄浑的气势仿佛一排铺天盖地的巨浪劈头盖脸地压了过来，人在它的面前真是显得十足的渺小。翻过这座山梁，景色一下丰富了起来，一切都变得一览无余，阳光没了遮挡，放肆地照射到大山的各个角落，于是各种草木忽然之间一下子颜色变得更加艳丽了。山路旁有梯田，上面种着果树，那新钻出的绿叶在阳光中绿得发黄，黄得透亮。慢慢地，绵延到对面的山坡的树和草的颜色变得厚重了，山也变得厚重了。再远些，满山的绿树模糊成了一片青墨色，整个山包再分不出每棵树的形状，只是那么混沌的一坨。而最远处的山，与其说是山不如说是一片淡蓝的薄片，像一张平面的剪纸淡淡地贴在天际。

午后的阳光很是充足，沟壑、岩石、林木、山路、野花……都沾染上了这层明亮，一切都是欣欣然的样子，一切都充满了希望。午后的山道是宁静的，即使有风也是一掠而过，最多是惊扰一下那纤弱的野花，而那成列的大山却始终平稳地端坐着，让人领会了什么叫波澜不惊。

绕过面前那最高的一座山，山路开始像一条灰白的带子一样向下盘旋。在深褐色的山坡之间，灰白的水泥山路很是醒目。路的尽头是一条山沟，安详地卧在山底。站在山顶往下望，绿树掩映之间一片片像火柴盒般大小、红色的、灰色的屋顶点缀其间，让人感觉煞是美丽。车子开始向下俯冲了，那感觉与上山可是大相径庭，眼前的山道直上直下，仿佛总有一头扎入谷底的可能，于是手脚并用死死地控制住刹车，可就是这样每一次转弯还会让人心头一惊。好歹冲到了谷底，回头一望，不觉长长嘘了一大口气。山，那一圈的大山就在头顶上，而眼前的这个小村，就是河南大峪了！

山路拐进村里便成了一条碎石路，一座小石桥架在村头。村子很小，大概几十户人家的样子，一眼可以望到头。铺着青瓦或红瓦屋顶的房屋顺着山沟散落着。院落无论是篱笆的还是石头的，仿佛只是个形式，朝南的一面都是没有遮拦地敞开着，没有门也没有墙，一眼可看到屋子的窗户。院子里大都有鸡、有狗，唯独不见人。山里人勤快，不像平原上的村落总是在某个角落堆满悠闲的人。在山里，因为穷，年轻人大都出外打工去了，留守的老人、孩子则是上山的上山、上学的上学，所以每个山村都是寂静的、孤独的。碎石路顺着村子边上的一条干涸的小河沟一直伸向村外。路的一边是一排高大挺拔的杨树，像一面墙，挡在村子的前面。杨树的外面便是村外了，一块块石坝围成的园田，上面栽着果树。树刚刚栽上，看上去有些弱不禁风。一个老汉在给果树喷着农药，见我骑着摩托车进了村，便站直了身眯起一双眼好奇地注视着我，或许是很久没见有生人来了，他好奇我是怎么找来的，来这又是干什么呢？我避开他好奇的眼光，顺着村边的小路一直骑向了村里。快到村头时，一条干涸的河沟里一群正在筑坝的中年汉子冲着我喊道："干啥的?"

"旅游。这里是河南大峪?"

"那没错!"

"抗日那年月,这里曾经驻过八路军?"

"有啊,经常有,瞧,翻过那座山梁,那边的山上就有个朝阳洞,里面能住下不少的人,当年就有八路军在那住过,还有过一个报社也曾住过!"

听说报社住过,我的兴趣来了:"《冀东救国报》?知道那些人的名字吗?"

说话的是个 50 岁上下的中年人:"那不知道,也不知道名,听老人们说,他们来了就直奔朝阳洞!"

"怎么走,有多远?"

"一个多小时的山路,路不好走,翻过这座山就是了。"

"那里当年还住过一个代号叫'老北京'的承兴密联合县政府的人。"旁边有人补充。

"不……不好走,你要去吗,没人领着肯定找……找不到!"不知什么时候旁边多了一个说话结巴的中年汉子。

我还想和沟底的那几个人搭讪,可那几个人已经抢起铁锹干上活了。旁边的结巴却很是热情地赶着我说话:"这些事,你……你想知道,至少得找 80 岁以上的人!"

我点头称是,他沉思了一会:"你跟我走,我……我带你找个知道……知道情况的!"

我犹豫了一下,汉子不容分说拉着我就走:"走……走,你跟我走!"

我迟疑地跟在他后面，他的腿脚还有些不大利索，一边走一边说："我的老姑夫今年80多岁了，当了30多年的村干部，你……你说的那些，他……他都知道！"

本来只想到这里看看当年的《冀东救国报》报社曾经隐藏过的地方，不想打扰任何人，可汉子的热情实在让人难以拒绝。于是跟着他，我便来到了村边的一户人家。进了院子，汉子便嚷嚷上了："老姑，老……老姑夫！"

屋里没人应声，屋侧的菜园子里却传来了一个老太太的声音："你老姑夫上山拾柴去了！"

"这是外面来的，专门想请老姑夫讲讲抗日战争那会的事！"

老太太已经从菜园走到了院子里，她没理会汉子说的什么。见了我却热情地让我进屋喝水，推让了一番，可老太太哪让啊。正说着，一个干瘦的老人背着一捆柴进了院子。

"这……这就是我老姑夫！"汉子介绍，"老姑夫，这位……这位同志想和您了解一下当年咱村抗日战争那会的事，我……我说那咱村谁也不如您知道得多！"

老人放下柴，听完笑着指了指屋，示意我进屋说话。

于是大家一起进了屋，刚刚坐下，老太太却不知从什么地方拎来三瓶雪花罐啤，非让我喝。她大概不知这是啤酒，拿着当饮料了。

我笑着说："大早上的，不喝酒！"

老太太有些尴尬，但旋即又风风火火地跑了出去抱来三瓶"露露"，看上去好像已放了好久了，上面落满了尘土。大概也是儿女们年节时买的，平时不舍得喝一直留到了现在。又客套了几句，老太太便退了出去，坐在对面的老人便和我聊了起来。老人叫刘文朴，已经 82 岁了，抗日战争那会他只有七八岁的样子，已经记事了。遇到鬼子扫荡时能够追在大人的后面跟着一起跑山洞、藏树林了。提起那段往事，老人依然记忆犹新："现在的日子好了，你看人们喝的都是饮料了。"他点指着面前的"露露"，"我小的时候，那会喝的都是水洼里的水。有一年，我在山上躲鬼子跑得口干舌燥了，看到一个小水洼里有水就扑过去咕咚咕咚喝起来。等我直起身往旁边一看，差点把我吓死，旁边一个女人就被打死在水洼旁边，在她的旁边是一个老太太，脑袋已被砍下去了，怀里还抱着一个被刺刀扎死的孩子，水洼里的水有一半已经被她们的血染红了……"说到这儿，老人的脸上紧绷了起来。"当年鬼子干下的那些畜生不如的事，想想都想生嚼了他们！"老人咬牙切齿地说着。

也许是话题有些沉重了，屋里像死一般的宁静，过了好一会儿他又接着往下说道："当年山里人对待八路军那真是当自己的亲人一样，家里有什么拿什么，什么时候来都是热情接待着！"我听了点了点头，虽说和他们接触的时间不长，可老人说的话我信。老人接着说，"那年的冬天，一个八路军战士到了我们村，半夜时鬼子忽然将村子包围了，战士一惊之下只套了个棉袄就从窗子跳了出去，可没跑多远就被一个鬼子抱住了。两人扭打起来，那个战士眼看要不支了，他从腋下把手枪抽了出来，一枪便将那个鬼子撂倒了。接着继续往山上跑，跑到半山腰时又一个鬼子追上来了，结果两个人又扭打在一起，那个战士将鬼子甩到山下摔死了，战士乘机一溜烟钻进了山里。后来据说因为太冷了，那个战士将上身的衣服脱下来套在了下身上，这才保住了一条命。大队的鬼子来一看八路军跑了，还杀了两个鬼子兵，一气之下将全村老百姓都集中到前面南山的一块开阔地上。大冬天的，让所有的人不论男女都脱光了，然后一声令下让所有人四处奔跑，他们开枪练习射击。那一次屠杀共杀了村里几十口人，有的一家都被灭了门，其中就包括他的大姑。"说着指指旁边坐着的结巴汉子，汉子也使劲地点点头。

老人的记性很好，谈兴也浓，又说了会抗日战争的往事后，我打听起村里现在的情况，老人说："村里每家就是依靠着那几十棵栗子树生活，年轻的差不多都出去打工了，不过这两年钱也不好挣！"我抬眼扫了下老人的这间小屋，看看还是平原地区几十年前的样子，老人的衣服也带着补丁。"那些年我当支书时也曾给县里写过信，我说现在国家富裕了可不能忘了老区的人民啊！"老人说着仿佛有些感慨。我没有接老人的话，实际也不知该怎么接，回身透过窗子望望这个深山里的小村，想想，竟真不知该怎么帮！像西部地区那样每年将扶贫款送到他们手里吗？想到这，我问："干吗不种点经济作物？"老人苦笑："你看那满山的石头，连整块的土地都没有，有点地也种不起，浇一分钟水要6角钱，一小时36元，入不敷出啊！所以只能指望那几棵栗子树活着！"说到这，屋里的人又都无语了，汉子见气氛有些沉闷便又操持着要做饭。看看时间不早了，我还得赶往下一个地方，另外也实在是不想给老人添麻烦，于是便以天气不好为由告辞了，汉子因为腿脚不利索送我到门口，老太太却死活拉着我不让走。只有老人没有挽留我，但执意要把我送到村口。到了村口，老人说："明年你来，我带你去看朝阳洞。"

我说："您还能爬山？"

老人笑笑："爬不了了，我找人带你去。没人去，我给你去雇人！"

听到这，看着面前这个须发皆白的老人，我忽然眼睛有些湿润。儿时从电影、电视中看到过很多战争年月军民鱼水情的镜头，成年后对此却不以为然，而在这个夏天，我在冀东大山里的一次行走中，却让我意外地发现了这种善良而美好的人性，依然顽强地"生长"着，有如这原始的大山一般纯朴、率真，至今还未受到任何的"污染"……

回来的山路上，望着那一路如画的风景，像是有一片明媚的阳光照进了心里，温暖且光明！

深山里的行走

旧日的一路行程，封存得久了，便无暇再去顾及，后来世事变幻，许多的事与那一路的风景竟有意无意地交织在了一起，便更不愿去触及了，只等它慢慢地老去，死去……

终一日，杂志社的编辑提出要我多写一些风光与民俗的文章，于是那一路的行程便又从心底里浮现了出来，这或许就叫缘分吧！万事万物都是缘起缘灭，该当兴起的，只是那么一会的事，该当灭去的也是那么一瞬间，所以既然如此，那就让这篇文字在这个世间流传下去吧——我生命中一段逶迤的足迹……

黄尘滚滚玉田路

要去潘家口水库，一定要经过玉田。玉田是个穷县，过去是，现在依然是。可对于"驴人"来说，这似乎利大于弊，许多的历史遗迹或许还可留存。

从宁河过蓟运河后，天空变得昏黄浑浊，尘土落得哪都是，心情随之也就抑郁成一片。路的两侧是大片裸露的黄土耕地，因为还没到春耕的时候，所以让人感觉冬还没走远。喜人的是那路边的白杨已经急不可耐地吐出了一片片新绿，才使这黄尘漫天的世界多了一份赏心悦目的景致！

去净业寺，是因为之前曾听过一则冀东抗日战争时期的故事，才引发了我前往的冲动。日本的前首相田中，当年曾在冀东地区参加侵华战争，结果有一次去净业寺遭遇了游击队的伏击。一枪打来，田中刚好躲到了佛像的背后，结果佛像替田中挨了一枪，救了他一命。

我到净业寺时已是下午三点多了，西照的太阳在浑浊的天空中只显露出一轮苍白的轮廓。寺院是座古寺，大概是建于隋唐时期，这在北方算得上是古老了，当然现在看到的都是经过多次翻修过的。走进净业寺，感觉有点像北京的法源寺，无论是格局还是气氛。走在里面，处处都是深灰等浓重颜色，墙砖仿佛都吸满了水分，潮湿而阴凉，让人感觉到一种岁月的苍老与历史的厚重。只是这里的香火不是太旺。

离开净业寺，来到玉田县县城，找了一家简陋的旅馆住下。最早知道玉田县城，是因为家乡附近有位革命烈士牺牲于此。烈士的名字叫于方舟，是宁河俵口村人，前几年曾多次去他的故居参观。周恩来曾是他在南开时的同学。后来在冀东暴动中，于方舟英勇就义。

晚上，在玉田县的街道上转了一会，实在是没什么可看，也没什么可转的。回到那简陋的小店，竟然能上网，所以那天晚上的时光便在网络中流逝了。第一次在异乡上网，有些异样的感觉，夜来得宁静而深沉，闪动的屏幕给这静谧的旅馆一种更为深沉的情调。夜色深沉，当有些疲惫的我不经意间抬起头时，东窗之上一轮圆圆的明月正高悬于上，银白的月光洒满床头，那一刻我忽然有些伤感，异乡、流浪、羁旅与泛滥的思绪……

麻山寺在县城的西北，麻山产玉，古时便有记载，于是玉田因此得名。到寺中时，没有什么游人，天空依然浑浊，心情也就随着这天气显得有些郁郁寡欢。在山墙的拐角处一个老院工和我闲聊了起来。冀东人大多好客，更善谈，他和我讲着这寺的由来和麻山玉的传说，以及那远山的逸闻。"那山上，蛇自古就多，曾经有放羊的在山上看到过一条电线杆粗细的蛇，还曾有人在山里挖矿时，挖出几百条的蛇，甚至有人因招惹了蛇仙而一命呜呼……"正聊得尽兴时，一张女人的脸出现在头顶的山墙之上，一瞥之间，愁苦都写在了脸上。是啊，苦的存在是普遍的，不管你生在帝王之家还是乞丐之家，也不管你是健康美貌还是丑陋残疾，苦无处不在，但苦中一定会有乐，所以这也就是我们这个世界最大的"妙趣"所在。我们生活的这个世界，有人说"不如意事常八九"，这个形容或许不大准确，但基本是这样子！所以既然如此，我们也就没必要因为不能离苦而整日心情沮丧了，因为再沮丧也无法改变"经常来打扰的愁苦"，相反，再苦的生活，快乐也会经常"不请自到"，不管倒霉到何种程度，咸鱼会翻身，枯木会逢春，这就是生命的奇迹。

烽火当年抗日行

去鲁家峪是因为想参观一下冀东《救国报》的旧址，可到了这里才知道，作为当年冀东党政机关的重要驻地，这里竟然没有保留下多少遗址。

不过，鲁家峪一带的山色还真是不错的。山不算高，也不算奇，却格外的秀，满山的绿色，阳光能晒到每一个角落。山路就那么平平淡淡地在山间盘绕着，有时在不起眼的某个拐弯处错落着几间石头或砖瓦垒成的房子，通常没有人，有门也不锁，就那么幽静地安坐在山间。这里的山很有特色，横七竖八的好像没有什么走势，像是一坨子山峰彼此黏连在了一起，从这座山到那座山极容易。后来才明白，为什么当年冀东的党政机关大都会在这里隐蔽下来，这里实在是便于隐藏，更便于出入！当然最重要的是在东山和北山，还有几百年来山民开采火石留下的数不清的火石洞，那些人工的山洞彼此勾连在一起，又使当年的革命者们多了一个隐蔽的天然去处。

在东峪的鸡冠山上，有一座观音寺，据说远古时站在这里能看到远处的大海，真假不辨，即使是真的大概也不知是什么年月的事了！庙底下有一眼古井，终年山泉盈满，在这高可眺海的山顶之上竟有此古迹，不得不使人叹为观止！进到观音寺中，一间不大的殿堂，正中供有观世音菩萨的塑像，庙门虚掩殿内空无一人。

潘家口水库沿线因为有古长城纵贯，口隘极多，所以从古时这里便是烽火战场，为兵家必争之地。我的潘家口之行实际上一是为看水库秀美的风景，二是为了寻找当年抗日烽火的遗迹。出遵化市向东北是三屯营，这里是当年戚继光练兵抗倭的地方，镇口有戚将军的铜像。过三屯营便开始进入库区了。路很好走，但看不到水库的湖面，两面群山连绵，杂树丛生。从一个岔路口下去，顺着路标的指引，到了当年国民党 29 军喜峰口战役的遗址，这里现在已经建成了爱国主义教育基地——大刀园了！

喜峰口战役在抗战历史上是可以大书一笔的一次战役，国民党29军在此浴血奋战，最终以巨大的牺牲沉重地打击了日军的嚣张气焰。此役之后29军神勇大刀队的英名传遍大江南北，而因此诞生的《大刀进行曲》流传至今。大刀园设在一条山沟里，当年的场景已很难复原，连当年的喜峰口长城也因修建潘家口水库而沉入了水底，成为当地很有特色的一个旅游项目——水下长城。从大刀园出来，我赶到喜峰口长城遗址的附近，见山色氤氲，一块块湖面隐露山间，处处雾气昭昭。湖面之上水波宁静不动，网箱横竖铺展着布满湖面，偶有渔船穿梭其间，颇有南方水乡的韵味。本想要到水下长城的遗址去看看，可需要乘船先去一个岛上，看看时间不允许了，于是便只能凭吊一番走人。

出喜峰口不远，在路边竟意外地发现一处当年的"部落"遗址——李楼人圈。那是一处复原的村落，走进去已感觉不到当年日本鬼子统治下的残酷与血腥，有的只是一种世外桃源的宁静与优雅。遗憾的是没有时间也没有找到当年的幸存者，回忆一下当年真实"人圈"的生活，随着历史的流逝，这段史实也将淹没在历史的长河之中了！

半壁宽城半壁山

去宽城的路上，我进行了一番心理斗争，因为从上路以来天就一直是阴阴的，雨始终像是"含苞待放"，随时有倾盆而下的势头。如果今天赶到宽城，那么明天我要环潘家口水库跑上大半圈，并且在天黑之前还要赶回家。这无疑是我"骑行"以来对人车一次最大的挑战，因为这一路下来至少有400公里。关键是如果第二天要是下大雨，能否走得了还要另说。而另外一个方案便是原路返回到洒河桥，这样当然会稳妥很多。可思之再三，最后我还是决定"扑奔宽城"，因为天性不喜欢走回头路的我，实在不愿再重温来时那条老路的风景。

宽城，一个对于我来说始终显得偏僻而陌生的地方。从一条山路骑进去后，这座山城就隐匿在一道山梁的背后，以至于我都到了近前了还未看清它的全貌。走在瀑河左岸的街道上，展现出来的是一个新城，这让我不禁为这个城市的发展而感到惊奇！可当我越河而过后才发现老城还是老城，一个不大的城。

晚上出去吃饭、逛街，一家杭州人开的小店，煲的鸭汤着实不错，令人回味无穷。吃过晚饭，时间还早，便找到一家网吧，消磨寂寞的时光。网吧暗淡的灯光里，形形色色的人在缭绕的烟雾中各自专注地盯着屏幕，我孤独地坐在一个角落里，没人注意到我这个异乡的游客，我也将那份孤独悄悄地收敛了起来，慢慢地融入了网络之中。音乐、键盘、啤酒，调剂出了一份浓浓的情调，闪动的屏幕无言地记录着一次生命中的奔放，汪峰的《绽放》一遍一遍地在耳边响起，那苍凉而忧郁的歌声在嘈杂而脏乱的网吧里，竟酿成了安抚我心绪最好的一杯酒，苦中略带着一丝涩涩的回味。

夜已深，走在宽城寂静而深邃的街道上，我的耳边犹自回荡着汪峰的那首《绽放》：

让我们再来一次

在深渊里共舞

忘记一些遗憾

忘记一些无奈

让我们再吻一次

就在这一瞬间

穿越所有的痛苦

穿越所有的伤害

就在这灿烂的一瞬间

我的心悄然绽放

就在这绽放的一刹那

像荒草一样燃烧

就在这燃烧的一瞬间

我的心悄然绽放

就在这绽放的一刹那

我和你那么辉煌

让我们再爱一次

在星河中穿行

忘记一些忧伤

忘记一些迷惘

让我们再抱一下

就在这一瞬间

带着所有疯狂

带着所有勇敢

就在这灿烂的一瞬间　我的心悄然绽放

就在这绽放的一刹那　像荒草一样燃烧

就在这燃烧的一瞬间　我的心悄然绽放

就在这绽放的一刹那　我和你那么辉煌

让我们再爱一次　就在这一瞬间

穿越所有的痛楚　穿越所有的伤害

人与城，有时也是种缘分，第一次到遵化时，就曾想，这个地方估计此生不会再来了。可这几年却是一而再、再而三地造访。而有的地方总认为还会前往，甚至一直想去，可却一而再、再而三地错过，所以对于宽城，此生还会来吗？不知道，只待交给缘分吧⋯⋯

第二天，一切安好，天空万里无云，蓝天青山相映。环库区山道一路前行，心情也为之大畅。在穿过东线与西线交汇的三北隧道时，着实惊吓到了我，跑过不少隧道，只有这条是最凶险异常的，黑洞洞的没有一点灯光，车的大灯打开后在洞里竟然是丝毫不显。那一刻骑行在里面，忽然有一种夜间航船的感觉，四下里黑茫茫的一片，人在洞中像飘在空中一般。车子不敢往边上靠，所以经常不自觉地会"游"向中间，这时若有来车，被风一带那危险是可想而知的。经过十多分钟的"飘荡"，在出来的那一刻我重重地喘了一口气，因为一路行来万幸没有一辆车从我旁边经过！

接着上路，那景色与库区东侧的风景着实两样，山变奇了、秀了，水变多了、柔了，山色少了枯槁的灰黄，多了无数的青翠与柔美。路一直在山腰间盘环，寂静无处不在，前来打扰的多是不知名的鸟，或是在眼前横飞而过，或是"叽"的一声叫便落在了车前的丛草中。阳光充足极了，一下子让这个世界变得亮丽了，也引逗得我不时要停下来按动相机的快门……

到蘑菇峪已是上午 11 点多了，实在是不起眼的一个小村。可在当年日本侵华时期，这里却是集中了周围几十个村子，形成了一个庞大的"集家部落"。随便转转，已找不出当年历史的遗迹，于是只得下车向人打听。后来在村东找到一条日军当年杀人的山谷，据说当年那条沟里尸骨数千，有些是在山里躲着不出来的"集家"的农民，有些是抗日分子，被抓到后都是带到这条沟里秘密杀害了。我在当地人的指点下骑行到了那里，虽是大白天而且还是村边的一条大道，可站在这里仍感觉阴森森的，而且在旁边还有两只乌鸦惨叫着飞起……

离开这个山谷，又去了当年"部落"的治安点，一位大爷给我指点着当年日军曾修建炮楼的地方，以及当年留下来的几处机枪眼。闲聊了一会后，看看还有大半的路程要走呢，只好与大爷告辞，匆忙赶路。

就这样一路急驰，400 多公里的路途竟然在天黑前走完了。这一路的奔波，匆匆而具体，有失落也有意外，像生命，没有个定数。来时怀着美好的愿望奔到了鲁家峪，却一无所获；带着沮丧而抑郁的心情奔上了潘家口水库西线的山路，却意外地拾到了一份惊喜！你瞧，这段生命中短暂的时光，仿佛风雨之后的天空，总会有一道漂亮的彩虹悬挂在天边，我们希图的就是这些，珍重的是那份不请自来的风雪……

百里画廊画百里

永宁古城

到永宁古城时是上午十点钟，太阳升起来了，身子开始热起来，于是索性脱下冲锋衣系在了腰间。下了车，背起相机一路沿着古城的"新街"走下去，两侧都是几年前翻新的仿古店铺。如今打着仿古的招牌做着现代生意的店铺好像比比皆是，可那"古"真是让人感觉到一股秀气，所以自是无心浏览那"装模作样"的古韵。我不知道这古城到底是建于何年何月，向路边的一个老者打听，他说是明代或许还要更早，想想北京城的大规模兴建才起于明永乐年间，这里大概也不会古到哪里去。再打听这城里还"幸存"的古迹，老人说只有街里那座城楼了，往里走还有个教堂应该也算是古迹。

沿着大街一直往前走，清清冷冷的店铺里出售的都是当地的土特品和手工艺品，这些倒有着十足的民俗味。流连一番后，本来想买两样带回去，可看看摩托车实在无处可放，也就只能作罢了！走近古城楼，是一个高耸的四四方方的青砖建筑，看时须仰了头，才能望到那入云的挂角。问问当地的人，说也是在原古址上重新修的。四个门洞分别朝向东西南北四条街。这格局，与山东聊城的光岳楼竟是如此相像。

再往前走，街道变得越发破旧起来，说实话这才是我想要看到的街景，原汁原味的。不用多余的解说也能从中感觉到一种历史的积淀，一道道岁月侵蚀过的痕迹。绕过一个小胡同，一座坐北朝南的青砖西洋门楼矗立在那里，这就是永宁教堂了。门牌上的简介说，永宁教堂始建于 1873 年，1900 年被焚毁，后来在 1902 年又进行了复建。这里是延庆县唯一的一座天主教堂。教堂的院子里静极了，有信徒偶尔从屋里走出来也是急匆匆的样子，你从他们的身上感觉到的是一种平和而慈祥的气息。迈上教堂的台阶，屋檐的挂角上几只鸽子落在上面正啄着身上的羽毛，一副毫不怕人的样子。这让我想起曾经去过的河北蔚县的几座古刹，那院子里到处都是翻飞的燕子。

百里画廊

离开永宁古城，向东北是一条乡间的柏油小马路。人车越发稀少了，当我重新奔上一条宽阔的马路时，已经进山了。不巧的是走不多远，马路上却戒严了，因为有个自行车赛事要占用这段山路，所以只好等着他们过去才能上路。

午后的阳光很是充足，摩托车在山间的马路上缓缓地攀行，最是喜欢这里的幽静与安谧，还有清新的空气。远处的山是这一路走来最为秀美的，满处的绿横冲直撞，连绵在青黛色的群山中。山势挤挤挨挨，在树隙间不断地闪现着。灰黑色的柏油马路便穿行在这片关不住的满园绿色之中，蜿蜒着伸向远方。说这里的景色秀美，并非是只有山，还有那横亘在山间的白河堡水库。走不多远一段水面便会浮现在眼前，静得像石板，平得像镜面。山给人的印象也许像个男人，粗犷而挺拔！而水呢？自然是像世间的女子，因为看到它们的时候总会从心底里情不自禁地生出一个柔、一个俊的字眼来，所以凡是有水的地方大都是个秀丽的所在。顺着燕山天池一直到一个大的岔路口时，山路一下子变得平缓了，而这"秀色可餐"的山路也终于告一段落。再下一段的路途叫百里画廊，一块高大的石头界碑宣示了它的起点。说实话，我来此就是因为在"摩迷"网论坛上看到了几张百里画廊的图片，才横下一条心不远几百里来看看这美丽的地方到底有多美！

上路了，路上依然还是那么清冷，我喜欢！除了太阳与鸟，这里最活泼的或许就是我胯下的摩托车了。没有赶路的焦急，因为虽说是在山里，可即使天色已晚，要想找到个可以栖身的旅店住下还是不难的，所以这一段路便成了一段信马由缰的游荡了。

路上和人闲聊时问起，百里画廊哪里最值得一去？路人说，乌龙峡谷一定要去看看！

到乌龙峡谷时已是黄昏了，远远的先是听到隆隆震耳的水声。北方缺水，但凡是能见到水的地方，总是让人觉得兴奋。行到近前，才看到一挂水流在悬崖上飞流直下，落到谷底砸在水面与石头上，又升腾起一片薄薄的水雾。还未来得及游览早已被这瀑布的气势所吸引了，于是我放下车便扑向景区。

买票入内，景区内没什么人，一条木头栈桥勾连在悬崖间一直通向谷里。右边是山，紧贴着路。左边便是那瀑布的水源，一条像是刀切一样直上直下的河谷。河谷两畔的石壁巨大而突兀，翻着泥浆的水流虽然看上去不甚美观，可到底是让缺水的北方人看到了一条湍急的水流，那顺势而下的气势，也着实是让人惊叹。看着这景色，旅途的劳累竟一扫而空，更加来了兴致。栈桥就修在崖壁间，头顶依旧是直立的石崖与荆棘，而脚下则是隆隆的流水。站在栈桥的木栏边不敢往下多看，看了会让人胆寒。有人试着向水里扔了一块大石头，想试试深浅，却只听得咕咚一声响，翻起一朵水花。大家吐吐舌头笑笑："好深啊！"于是更加小心翼翼地往前走去。

太阳已经隐到对面山头的后面去了，对面的山陷在微茫的暮霭之中。浓浓的山阴欺逼过来，身子不觉有些寒意，加之那隆隆的水声不绝于耳，更让人感觉有种被水浸泡过、湿淋淋的感觉。于是连打了几个寒战，脚底下加快了步伐。不远处的一块崖石后面，一簇荆棘的掩映处一块红色映透了出来，像是一朵怒放的鸡冠花，在绿色的掩映中是那么的醒目。转过巨石，一袭红色的连衣裙，一把红伞，一位素面端庄的姑娘正背倚了栈桥摆弄身姿拍照。崖顶洒落的水滴淋到姑娘的脸上，姑娘却已顾不得了，只是大声地冲着对面的妹妹一边喊着："拍好了吗？我快成落汤鸡了……"一边大笑。那红裙和笑声着实吸引了过往的游人，妹妹手里相机的快门还没按呢，两边游人的相机却已按捺不住按了起来……

翻过一座小山顶。路变成了一块块磨盘大小的巨型卵石。我背着相机在石头间跳来跳去，总有一种拍不够美景的感觉。

右侧的山远远地退走了，左侧的水流也成了溪流，放缓了速度潺潺地流着。山色越发熹微，回首遥望那峡谷，真是别有一番韵味在心头。

汤河口镇

从乌龙峡谷出来已是下午4点钟了。山里的天气说凉就凉，看看地图离这里最近的镇子是宝山镇，可一口气骑到宝山镇，发现这里太冷清不说，也没找到比较舒适的旅店，权且在此委屈一晚也无所谓。可看看天色再赶一程应该是还来得及。为了第二天能少走些路，于是一口气又赶到了比宝山镇更大些的汤河口镇。

这里可以说是把持着延庆、怀柔、密云的三路要冲。汤河口是东西长南北窄，夹在山地之间的一座不算太大的镇子。从这里往北就要进草原了，往东一点便是密云的崇山峻岭。站在镇子的边上便可以感觉到一种塞外的清凉。

因为时间太晚了，而且这里也没有几家旅店，所以便找了一家靠近镇边的汽车旅馆。价钱倒是不贵，可卫生与环境就有点差强人意了。没办法，出门在外，什么样的事都会遇到，什么样的环境也都学会了将就，这就是在路上骑行的"生活经"。在公共浴室洗了个澡，然后换了衣服骑上摩托来镇上"打食"。镇里真是一个冷清，基本看不到人。随便找了一家饭馆，要了一盘水煮肉片、两瓶酒，独自面对着窗户喝起来。

出了店漫无目的地在镇子里乱逛了一会儿。也没什么好玩的，便跑到了镇外，一列青山，一条马路，山与路之间是一条满是石头的小河。河水就在石头缝间悠闲地流淌着。守着河边呆坐了一会儿，看看太阳早已隐落到山的那边去了，于是只好"策马"回店。晚上躺在床上，在这么个荒僻的小镇，没有电视，没有网络，实在是寂寞，于是又信步出了店。这里是镇子的边上了，看看对面一两家小卖店的灯还亮着，于是便慢步走了过去。小卖店的门口，店主的儿子正和两个朋友对饮，旁边坐着店主一家老小，妇人抱着最小的孩子听收音机，稍大的孩子则摆弄他妈妈的手机。四下里一片漆黑，只有不远处路边的一盏路灯在忽明忽暗地晃动着。我在旁边拉了张桌子要了几瓶啤酒，随便买了点酱菜，便静静地在黑暗里边饮边看着旁边的那桌的几个人吆五喝六地喝酒、聊天。那真是另一种闲适的感觉。

这里的夜是那么的黑，幽幽的灯火让我想起儿时乡下的街道，那个裸背举杯劝酒的汉子多么像是儿时村里的二狗。还有那守在丈夫旁边，一边摇晃着怀里的孩子睡觉，一边笑吟吟地看着丈夫挥拳耍酒却始终一语不发的女人……

异乡，异乡的夜好静！

文化聊城

聊城，无论如何都算得上是一座历史文化古城。

2013 年，当我骑行到东昌府区，站在斜阳照射下熙熙攘攘的大街上时，我忽然有种异样的感觉。曾经跑过全国大大小小不下百余座城市，可这里怎么也不像一座北方的城市，这里的街道怎么也不像北方城市中的街道！街道两边浓密的树荫遮盖着一所所古朴的民居，那感觉就像是到了南方某个小城。这感觉来源于哪呢？我说不出来，客观地说，感觉有时是不准的，尤其是第一印象，可当我转年再次来到这里时，依然还是那种感觉，而且丝毫未变。于是我相信这不是感觉，这里的人文风貌就是南方城镇的一个缩影，就是南方市井的北移，后来我问自己为什么会有这种感觉？问了许久，也寻找了许久，直到有一天翻到一篇记述聊城历史人文的文章，忽然有所领悟——或许和它是一座水城，一座被偌大的东昌湖包裹起来的水城，一座京杭大运河贴身而过的水城有关吧！北方缺水，所以缺乏润泽，而聊城却被人们称为东方的威尼斯，但我感觉它更像北方的杭州，尽管线条粗犷了一些，但它那深厚的历史底蕴绝对不输苏杭，这里"物华天宝、人杰地灵"，是一座地道的北方文化古城，那千百年来深厚的文化土壤养育的一代又一代的聊城人，才使这座城市真正有了"腹有诗书气自华"的儒雅之气和南方那"诗书礼乐"信手拈来的人文涵养。

另外，这里有全国十大名楼之一的光岳楼，清代四大私人藏书楼之一的海源阁，宋代的铁塔，山陕会馆，武松打虎的景阳冈，鱼山脚下的曹植墓，以及古阿井、迷魂阵、鳌头矶、临清舍利塔等，此外这里还诞生了伏羲、孙膑、鲁仲连、朱延禧、傅以渐、杨以增、范筑先、武训、张自忠、邓忠岳、李苦禅等一大批名人。

书

聊城人爱看书，这是走在聊城的大街小巷，给我留下的一个深刻的印象！

在东昌府区的一条陋巷里，竟然接连开了好几家小书店，这在许多省会城市找家书店都还难的年代里，着实让我感动了一把。随后在接连几天的游览中，路边的小书摊随处可见，隔不了几个胡同便会有一家古旧书店，里面的规模绝对不输省会城市的大型古旧书店。尤其是光岳楼下的两家古旧书店里，竟然上架了古今中外的许多绝版书籍。后来在和一家旧书店的老板闲聊时，他说："聊城是华北地区大型的古旧书籍集散地，每次进书都是去北京等地购买！"

这是聊城给我留下的第一个印象。

在当今社会全民上网的今天，能在聊城看到那么多的书肆，不能不说是道风景！后来，随着对聊城的深入了解，我才发现，喜欢读书是聊城人的重要城市基因组成，远古时代姑且不论，单从隋朝有科举考试以来，在聊城就曾产生过 3 名状元，99 名进士，439 名举人，这么庞大的一群精英读书人，对聊城的文化能产生多大的影响，怎么说都不为过！

聊城人除了喜欢读书之外，还喜欢藏书。清末，这里便出了一位赫赫有名的藏书家——杨以增。

杨以增是清道光二年（1822）的进士，曾被派到贵州的荔波县任知县，居官颇有政绩，后来被提升为知府、道员，直至擢升陕西布政使。当时林则徐正担任陕西巡抚，与杨相交甚深。道光二十八年（1848），杨以增被任命为江南河道总督。"杨氏生平无他嗜，一专于书"。他在江南河道总督任上曾搜购了大量的江南私家藏书，然后用船运回家乡聊城，藏于自己私人的藏书楼——海源阁中。

说到杨以增，一定要提到他修建的海源阁。这座建于道光二十年（1840）的私人藏书楼，位于光岳楼南万寿观街路北的杨氏宅院内，为单檐硬山脊南向楼房，面阔三间，上下两层。下面是杨氏的家祠，上面是杨以增收藏宋元珍本的地方。藏书楼上层中间门额上悬挂"海源阁"三字匾额一块，为杨以增亲书，额后有杨以增自题跋语。

海源阁藏书始于杨以增之父杨兆煜，后经杨以增、杨绍和、杨保彝、杨承训四代人的不懈努力，多方搜集，到杨保彝时已收藏各类珍本 20 多万卷，而且没有载于书目者还有不少，其中宋元珍本逾万卷。这么浩大的藏书，当时已经与江苏常熟瞿绍基的"铁琴铜剑楼"，浙江杭州丁申、丁丙的"八千卷楼"，浙江吴兴陆心源的"皕宋楼"并称为清代四大私人藏书楼了。此外，还有人将海源阁与北京的"文渊阁""皇史宬"、宁波的"天一阁"并列为中国历史上官私藏书的典范。

天下事，聚久必散，聚散相依。海源阁集四世之力而收藏的珍本，在清末和民国的动荡中，最后还是没能逃过一而再、再而三的劫掠与战火，最终烟消云散，书去楼空……

海源阁第一次遭劫是在咸丰十一年（1861），海源阁藏于山东肥城西"陶城山馆"的部分珍本首遭战火荼毒，据战后统计，"收捡烬余，尚存五六，而宋元旧椠，所焚独多，且经部尤甚"。民国十七年（1928），西北军阀马鸿逵部占领聊城，海源阁的藏书再次遭受损失。这次战乱之后，惊醒了的杨敬夫，他先后两次将十几箱宋元珍本偷偷地运往天津保护起来。民国十八年（1929），土匪王金发攻陷聊城，司令部就设在杨宅内，这一次海源阁珍藏图书遭受了空前的浩劫。据说，当时除匪首大肆劫掠，匪兵大量携出盗卖外，土匪随手毁弃的景象更是随处可见——"炊火以书代薪，夜眠以书做枕，至拭桌、拭烟枪无不发书代之"。匪兵退后，"杨宅已不见一人，院内室外书籍满地，厕所马厩亦无处不有；院内书籍尽为大雨淋烂"。但此次损失之书，均为海源阁旧藏，即海源阁楼上被杨敬夫移存天津所剩下的宋元珍本藏书，"其后宅三室，均未波及"。民国十九年（1930），土匪王冠军又攻陷聊城。他们到海源阁后，"尽攫善本秘籍、碑帖字画"。王冠军的此次劫掠，对于海源阁来说是最后的一次劫难。在此之后，杨敬夫恐再有这类事情发生，随即将劫余残存的书籍，装50箱运送济南杨氏新居保存。由此，海源阁的藏书共做了三种处理：一为运津者，一为运济者，其他即为杨氏零售了一部分。运送天津的藏书，后来因杨氏迫于生计被大量变卖，运送济南的藏书中的宋元珍本若干种，杨氏曾以八万银圆抵押给天津盐业银行，后来押期到后，却无力偿还。1938年，日寇攻陷聊城，田庄的"弘农丙舍"所藏的书籍连同房屋尽遭焚毁。至于其他毁失的藏书，实难数计。

在海源阁藏书流散之时，我国著名的藏书家周叔弢和刘少山唯恐典籍流散国外，曾奔走疾呼，极力抢救、收购了不少。抵押给天津盐业银行的藏书，后来由国民党行政院长宋子文出资20亿法币赎出后交给北京图书馆保存，其中所藏明、清版本书籍则归入山东图书馆，也有部分书籍流散到全国其他著名图书馆。海源阁藏书，现主要见藏于北京图书馆和台湾的"中央"图书馆。

杨氏一家四代藏书，历时百余年，在我国近代藏书史上有较深远的影响。而如此浓重的书香重阁坐落于光岳楼侧，那浓浓的书香在一个世纪的时间内对聊城文化起到多大的熏陶作用，无法用言语表述！杨以增及后人对聊城的文化基因的构成起到了不可磨灭的推动作用！

院

院，说的是书院！

第二次到聊城时，偶然走进了坐落在东昌府区的七贤祠。正殿之中供奉的是聊城七位儒家的圣贤：王道、穆孔晖、孟秋、王汝训、逯中立、张后觉、赵维新。在七位先生站立的铜像前，我认真地阅读了他们的生平事迹，不禁心潮澎湃。这就是儒家文化的魅力，它没有消极遁世，更多的是积极入世、直下担当的气魄，所以千百年来它一直作为正统的思想观念与社会的核心价值为全社会所接受。

这七位先生多是修身严谨、一身正气，所以官场之中屡遭贬斥。但他们处于人生的低谷时，却能始终保持着积极向上、克己复礼、直面承当的信念与态度，不抱怨、不逃避，真正践行了先儒提出的"达则兼济天下，穷则独善其身"的人生信条。他们身居陋室，却依然安贫乐道，或著书立说"为天地立心"，或教书育人"为往圣继绝学"，他们怀着"为万世开太平"的伟大的理想信念，共同承继了王阳明的"心学"在北方的传播与发展。

黄宗羲在《明儒学案》一书的"北方王门学案"一章中共记述了七位王门学者，说他们"始兴阳明学于齐鲁燕赵间"。这七人中的前三人，就是聊城七贤中的穆孔晖、张后觉、孟秋。后面的几人也与聊城有着千丝万缕的关系，可见聊城是当时北方"心学"的主要传播基地，而七贤则是主要传播者。他们为紧接而来的东昌文运大兴、文化昌盛、鸿儒巨宦鹊起的时代奠定了文化与教育的基础。

时至今日，不少聊城人心中仍对这七位先贤怀有深深的敬意。因为他们那特立独行的行事风格，纯一不杂的治学精神，闲淡朴素的处事胸怀，造就了他们迷人的人格魅力。这里不妨列举七贤之首的王道的生平事迹，来管窥一下先贤们的"非常人"行事。

据史料记载，王道"少颖悟不凡"，18 岁就乡试中举。明正德六年（1511）考中进士，被选为翰林院庶吉士。当时，山东盗贼猖獗，为了赡养避难江南的祖母和继母，王道几次上书朝廷，肯请回家孝亲。然而，朝廷不但没准，第二年又任命他为应天府学的学官。他接旨后再次"乞奏"回家赡养老人。可是朝廷依然没有批准，竟又提拔他为吏部主事、员外郎中，负责选任、考核官员。在任中他"选法公平，门无私谒"，后来他又被辅臣推荐，升任左春坊"谕德"之职，执掌对皇太子的教谕。不久，王道称病回家休养，而他在家这一待便是十年。十年间，他"杜门讲学，足不涉公府"，"性恬淡夷旷，慕邵雍、司马光为人，而笃志力行实允蹈之"。嘉靖年间，他再次被升为南京国子监最高官职"祭酒"。不久，他又因病告归，后又被推荐为南京太常卿。之后，历任北京国子监祭酒，礼、吏二部侍郎。王道最后是在任上去世的，死后被追赠为礼部尚书。

由于王道曾在南京任职，所以得以直接听取王阳明讲授"心学"，从而接受了王阳明的"新儒学"的观点。据明万历二十二年（1594）版《东昌府志》等史料记载，王道"精择强记"，深研程朱义理之学、儒家经典，崇尚平实简易之学。同时，还能够不受"世俗拘挛"，不标立门户。他的《大学亿》《老子亿》《顺渠文录》等著作，独有所到，"持论多前儒所未及"。当年，"心学"作为新兴起的儒学流派在全国传播迅速，而很多高官、学者都称其为正学。当时经济日益繁荣的东昌，一处处书院相继建起，七贤的推动作用不可轻估。而他们对于促进当时聊城文化教育昌盛局面的出现，用聊城知府胡德琳题写在启文书院上的一副楹联来概括是再恰当不过了。楹联云:"接武巍科三状首;传薪正学七先生。"是啊,书院中的读书人,前赴后继只望能成为三状元式的学子;书院中的教学者,薪火相接都是七先生式的教师。三状元是指茌平的朱之蕃、聊城的傅以渐和邓钟岳。七先生便是我们上面提到的聊城七贤。

元代会通河的修通,促进了东昌经济的繁荣发展。到明朝中期,在经济日益强大的背景下,聊城的文化教育得到迅速发展。这时的东昌府的学院建设发展十分迅猛。位于道署东街的府儒学和位于城隍庙街的县儒学,经过数次扩充,到清朝中叶时已经发展成为具有一定规模的学院。除去当时隶属府、州、县地方官府编制内的儒学外,还有官方"延请精通经书而又品行端正者任山长,由山长聘请学行有素的举人、进士任教习的书院"。仅聊城城区就有建于城东的东林书院,建于龙湾的龙湾书院,建于南门里的光岳书院,建于府学东的阳平书院,建于孙家胡同的启文书院和建于楼西的摄西书院等。据《东昌古今备览》记述,当时聊城共有大小规模的民办书院 28 处。民办经馆、私塾更是遍及城乡。

清末,随着民族危机的日益加重,西方的先进教育体制也随之传入中国。迫于形势,清政府于光绪二十四年(1898)召谕"各省、府、州、县之大小书院,一律改为兼习中西学之学堂"。清光绪二十七年(1901),首先将设在聊城的启文书院改建为东昌府立中学堂,民国三年(1914)改为山东省立第二中学,这是山东省创立最早的官办中学之一。此时的聊城教育事业尚处于全省前列,后来由于运河堵塞,河运终结,聊城的经济随之衰退,教育长期处于没有经费而发展停滞的状态。加上日寇入侵，学堂先后停办。从此，聊城的教育一蹶不振。

提到聊城的学堂教育发展，就不能不提到一个人——武训。

这位出生于聊城冠县一家贫苦农民家庭的孩子，生前连个姓名都没有，在他21岁时因不识字接连受到地主的欺骗与压榨，一怒之下在破庙中昏睡三天后，狂奔数日，口中大喊"我要办义学"！从此他真的以行乞为生，并孜孜以求，"昼行乞、夜绩麻"，三十年如一日，最终靠乞讨、打短工、演杂耍，在山东临清一带兴办起了三座义学，成就了中国教育史乃至世界教育史上一段佳话！清光绪帝特授"义学正"称号，赐名训，赏黄马褂。张学良称他"身兼孔墨"，郭沫若则称他是中国的"裴士托洛齐"！

深入了解了聊城当时的文化发展之后，我们便会说，这位老百姓称犯了"义学病"的"千古义丐"，之所以能诞生在聊城，绝不是个偶然的事件，这不能不说是当地文运大兴、精英荟萃的深厚文化背景所造就出来的奇迹。"读书"是改变命运的唯一手段，深植于武训的心中。而能够让穷苦百姓读上书，又成为武训洗刷自己屈辱人生的唯一出路，所以他不惜一生不娶，住破庙、吃糠咽菜来实现自己创办义学的理想。

族

走进傅斯年纪念馆，这座两进式的四合院，实际上并非是傅斯年当年的故居，而是当年傅家的祠堂。真正的傅氏故居在北门里路东的相府大院里。光绪二十二年（1896），傅斯年就出生在那里。傅家世居聊城，是鲁西名门望族，在这个家族里仅七品以上官员就出过一百多人。时过境迁，斯人已逝，老房子早已易主而居，但曾经的傅家一代代人却永远留在了聊城的历史当中，熠熠发光！

明清时期，大运河穿城东而过，聊城成为连接南北的枢纽，于是一跃成为北方经济发展的龙头。傅斯年的祖上傅祥，当年正是借重聊城优越的地理位置，成为聊城一带有名的富商。在封建时代，"万般皆下品，唯有读书高"，个人只有通过科举考试才能获得升迁，也只有当了官，才会拥有真正的社会地位。除此之外所有的行业都如"水上浮萍"，朝不保夕。傅祥清楚地认识到了这一点，所以始终不遗余力地督促子孙攻读"举子之业"。有时还会亲自"口授章句"来教授子孙学习八股文，所以傅氏家族逐渐形成了诗书传家的传统，而且代代相继。

傅祥之后，到了五代孙傅以渐这一辈，傅家终于脱胎换骨，由商贾之家成为官宦之家。傅以渐生于明万历三十七年（1609），7岁入私塾读经书，曾师从当时的名儒孙兴，所以为人深明义理之学。由于明朝末年宦官专权，官场腐败，科场舞弊之风盛行，傅以渐直到35岁仍未取得任何功名。然而，时过不久，清廷入主中原，为了巩固统治，清王朝大力鼓励读书人出来为官，并在入关的第二年便恢复了科举考试。

踌躇满志的傅以渐没有因为改朝换代而改变了自己的科举之路，在乡试中举之后，翌年入京参加会试，又得中贡士。更令人意想不到的是，在殿试时竟然被钦点为一甲第一名，就这样傅以渐成为大清王朝的首位状元。随后他又被授予内宏文院修撰之职。再后来，傅以渐而先是升为内秘书院大学士，转年加太子太保衔。之后，傅以渐又被授为武英殿大学士、兵部尚书职衔。这样，他便名副其实地成为当朝一品宰相。为显示朝廷恩宠，顺治帝又封赠傅以渐的曾祖父傅谕、祖父傅天荣、父亲傅恩敬为光禄大夫、少保加太子太保、内翰林国史院大学士加一级之勋号。从此以后，聊城傅氏在当地风光无限，位高权重，成为鲁西地区举足轻重的显贵。在此之后的几百年，傅家势如中天，先后得中举人、进士、痒生、太学生者不下百余人，在朝为官甚至出任封疆大吏者几代不绝。

值得一提的是，到了民国时期，傅家虽已是家道中落，但这时却出了位杰出的教育家——傅斯年。

1901 年春，还不满 5 岁的傅斯年就被送入聊城名师孙达宸的私塾，接受"经学"教育。1905 年，又被送入东昌府立高等小学堂读书，直到 1908 年他离开聊城前往天津府立第一中学求学。傅斯年在聊城求学的这段时间，正是他品格和学业的初步养成期，他深厚的国学功底无不得益于这段时间的寒窗苦读。17 岁那年，傅斯年以优异成绩考入北京大学预科乙部，与顾颉刚、沈雁冰、俞平伯、毛子水同窗。由于他的学识渊博、为人豪爽，很快便成为"五四"新思潮运动的学生领袖。后来傅斯年先后出任中山大学、北京大学、国立西南联合大学教授，北京大学代理校长和台湾大学校长。但他始终坚持"参政而不从政"，保持一个读书人应具有的"独立之精神，自由之思想"。

大大小小的官宦士族，在聊城发展历史上是一股影响深远的势力。说它影响深远，是因为号称聊城八大家族的每个家族都是绵延几代的名门望族。他们在依靠权势、财势对本地产生政治与经济影响的同时，又无一例外地继承了诗书传家的古训，使文化影响也介入当地的整体发展进程中。

再以聊城的邓氏家族为例。邓家是明初以军功显达于世的大家族，其始祖邓瑜元末曾参加朱元璋领导的农民起义军，后因军功被封为昭勇将军，任东昌卫指挥使，子孙世袭。自此以后，邓家后人在聊城一直世袭到明朝中期。随着聊城经济的崛起，当地的文化与教育也迅速地发展起来，这也促使邓家由世袭武职向文武全面发展。从邓瑜第六代孙邓邦开始，邓家开始走科举之路，邓邦"博学识，补诸生，以贡授莱州府学训导"。从此邓家子孙多因科举获取功名。邓邦的孙子邓秉恒是顺治六年（1649）进士，最初被授予昆山县令一职，后因功擢升为户部主事，之后外放任福建巡海道等职。史书评价邓秉恒"少嗜书，敦大节，强力任事，不为诡随，临事变，机权错出，有古大臣风"。从邓秉恒开始，邓氏家族逐渐成为聊城的文化家族，至其曾孙邓钟岳时则进一步发扬光大。

邓钟岳在康熙六十年（1721）的殿试中被钦点为状元，成为聊城明清时期三名状元之一。之后，他曾先后担任江苏学政和浙江学政，雍正年间升至内阁学士兼礼部右侍郎。他一生博览群书，"于书无所不读，尤邃《易》《礼》"。为人忠孝友悌，父亲去世早，邓钟岳事母至孝，"御侍诸弟甚挚，督课亦不少宽"，三个弟弟在其督导下读书上进，也都有所成就。邓钟岳任地方官时期，非常重视对民众的教化，经常以封建纲常来训导民众，民间曾流传一段他为官时的故事，说来很是有趣：康熙年间，江西蒙南县有两个乡宦是同胞兄弟，兄沈仲仁，官至翰林院学士，弟沈仲义，官至户部给事中，兄弟二人致仕还乡，因家产分配而起纠纷，直至对簿公堂。而县令不敢评断，正好邓钟岳钦命巡查地方到蒙南县，县令将此事告知了邓钟岳，邓钟岳听了便写了一张批文让转交给沈氏兄弟。沈氏兄弟接到批文后，拿来一阅，竟深为文中内容而感动，进而抱头痛哭，从此两人和好如初。

在明清时期，聊城经济、文化与教育的整体大发展，促成了聊城文化族群的兴起。这些家族在科举选士的追求过程中，深受儒家伦常礼仪的影响，从而使儒家的文化思想渗透市井，成为模范表率，从而使世风越发淳厚，而淳厚的世风又陶冶了一代又一代的"循吏良士"。因此，聊城"士多才俊，文风为诸邑冠"。所以，聊城的士族对当地的文化贡献是非同一般的，他们实际上也是当时整个聊城的一个缩影。

幽州村

一

过沿河城之后，山势陡然变得险峻了。一座座山峰昂扬了起来，高低错落，都满怀了激情，延绵起伏之间曲线变成了折线，挤挤挨挨地随着山道向远方簇拥而去。灰，是那种像是被水洗过多少次的灰，在阳光下呈现着深浅不一的色彩。山阴处灌木杂草堆积，因满山都是石头，所以只能是一处处地"虬集"着，不得伸展，于是所有的峥嵘都让位给了大块的山岩。

左边的山紧挨着山道，一直挤到了人的身旁，才一下子笔直地高挑上去，长得像城，短的如墙。右边是河谷，一条半是干涸的老河，踉踉跄跄地拥着山路紧追个不停。一眼望去，乱石堆集，缝隙间满是野蒿蒲苇，三两棵秃秃的柳树在岸边难以成荫，所以只成了河岸的点缀。满河床的石头难以计数，大的有半间屋大，小的则微如鸟卵，但无论大小都早已失了棱角，呈现出不规则的圆来。不用说也可以想到，这里曾经一定是河水浩荡、奔流不息的。不然要打造出那一个个圆滑的石球，天知道要经多少年！老河很是年迈了，有气无力地在乱石之间慢吞吞地流着。没了昔日的强劲，多了当年没有的沉静与清澈。你瞧，凡是可以稍作停留的地方一定就能见到一片安静的倒影。

山像是在天上，路在人间，而河呢，就死命地抱紧了路，唯恐失散，相扶相搀地一直流落到官厅水库。山是太行山，路是辽金古道，河呢？河是永定河。岁月如梭，万年不崩的太行，永远会让人认出它的身影，一种不增不减的雄奇。沧海桑田，谁还能识得今天匍匐在谷底的那一条瘦弱的溪流，在昔日曾纵横驰骋过。谁会想到它千余年来，竟不声不响地养育了一座伟大的城市——北京。只有路，满载的是一页页的时光，堆积得无处消融时便会攒成一册书，然后埋进历史的故纸堆中，慢慢成为过去！

二

山，走到一个叫作幽州的小地方时，忽然又趷蹇了一下，高大的山峰仿佛可柱天立地。河到了这里则一下子塌陷了下去，真的成了谷。河面变得宽阔了，水也有了气势，浩浩荡荡，川流奔淌。两岸之间，有一条石板吊桥相连，这边是古道，那边是幽州。

当然此幽州非彼幽州，这里的幽州只是一个小得不能再小的村落。但身在北方的人，每每听到这两个字眼，总还是情不自禁地联想起那个同楼兰、夜郎等一同消失的古国。横跨过700年的历史烟云，慢慢地去寻找它时，从泛黄的故纸堆中，人们依稀还能记得，那巍巍太行山、滔滔永定河水之间，不知曾踌躇过多少金戈铁马；那接连着塞外茫茫大草原的幽深峡谷中亦不知曾有多少狼烟肆虐；那从草原狂奔而来的一队队马背上的刀客；还有在这古道上又曾演绎过多少次征人一去不复还的"塞下曲"……

幽州村，好像是缩小了一千倍、一万倍的幽州。永定峡谷横亘眼前，村子背倚着大山，那小村就活脱脱像是位垂暮的牧羊老汉，身上披着羊皮袄，眯了眼静静地瞅着匆匆而过的大好时光，木讷无言，沉静无声。那外面的世界仿佛与他无关了，即使脚底下的羊群也都成了"身外之物"，那样子俨然就是个哲人，进行着永恒而痛苦的思考。滔滔的河水，蓝蓝的天空，还有河上那座古老的吊桥，无人知道它曾经历过多少风雨，有时它真的很像寒风中的一片黄叶，脆弱得仿佛随时会飘坠下来。然而它终于坚持了下来，锁链接了又接，石板铺了又铺，只是因为这是古村与这个世界相连的唯一纽带。几百年来，一代一代的乡民，正是从这条吊桥上走出去，再走回来……

如今，村子因它的偏僻与荒凉倒招惹了城里人的青睐，偶尔有"驴人"来了，汽车过不了桥，只能停驻桥头，于是成了一道风景，来，悄悄；去，也悄悄。村里的人不会因此而有半点的劳神，他们像是一颗古树早已与幽州捆绑在一起。

三

在惊恐中过了摇摇晃晃的吊桥，那小村像梯田一样一层层地铺展在山腰上。房屋清一色的石头垒就，在阳光下折射着白白的光，仿佛一座被阳光融化了的庄园。一位老农站在半山的石头路上痴痴地望着我，表情像是一头老耕牛，对我的闯入不置可否。

没有路，所谓的路就是石头房子之间挤出的一条缝隙。我不知这里的先民当初建村时为何会如此吝啬。后来穿过几条胡同之后，我明白了。是的，这里根本就没有土，只有石头，土对于这里的人来说是昂贵的，所以那一间间房子全是石头垒成的，只有过去曾经是豪绅的人家才会有泥巴做成的门楼，才会在石头房子的外面罩上一层土黄色的泥巴墙面，才会有镂凿雕花的门窗。

门楼早已衰落了，木头的门板与房梁都同归于土色。只有那一张张过年时才贴上去的对联，红彤彤地告诉人们，这里曾经有过辉煌。照例每一个村子这样的门楼下都会坐有一位七八十岁的老妪或老翁，老妪或老翁的周围照例会围拢着几个住在附近的老人，他们仿佛仍为这门楼过去的兴盛而追随、仰慕着，生活之于他们，或许永远是往后走的⋯⋯

村子是幽静的，足可配得上"享受"这两个字眼了。除了一两声狗叫，在午后的村庄上空听不到任何的声响。那十足的阳光仿佛将这里的一切都定住了——声音、色彩、人的举动，甚至是思想。偶尔冲破这一切禁锢的是孩子们，穿得土土的或艳艳的，从一条胡同冲向另一个胡同。他们和坐在门洞旁的老人都是这里土生土长的人，也是全部。在这里从头至尾你看不到一个青壮年，无论男女。

幽州村里唯一的一个青年在村西石崖顶上的那座小庙里。庙叫法云寺，一座只有三间厦屋的古庙。说是古庙也实实在在的是座古庙，庙里的和尚告诉我法云寺建于金代。小庙的西侧是悬崖，悬崖的下面是永定河干涸的河床，那里有村里人开垦出来的一块块田地，田地的旁边便是滔滔奔流的永定河，河西侧紧贴着的又是悬崖，直上直下的像被用刀切过一样，悬崖之上就是那条幽州古道，不急不躁地在崖顶盘旋着。

这崖与崖之间就是京西有名的幽州峡谷，或称为永定峡谷，一条极有气势、险而峻的河谷。

四

法云寺里的和尚叫佛传，40多岁的样子。不知七八年前他是如何找到这里的，来了就不走了，除去冬天太冷他要到张家口一带的寺院里去过冬外，平时他就一个人住在这荒凉的小庙里。庙里零乱得不成样子，仿佛像个仓库，我来时他正想收拾屋子。小庙的庙门据村里人形容说，长年是插着不开的，去了需先叫门。当我敲开他的庙门时，他站在门里愣愣地瞅了我好一会，看上去有些羞涩，或许还有些紧张，像个大姑娘似的。上到黑漆漆的正殿，上香、礼佛，他一直陪在旁边。我问他为何守着这么残破的小庙不去更好些的地方，他默不作声，像是触动了心事。过了一会说："这里的一砖一木都是自己辛苦置办下的，舍不得，有感情！"说罢便甩了衣袖转身回房了，却把我孤零零地扔在院子当中。望望四周，空荡荡的，想着要离开，可忽然一阵风吹来，小院就有些盛不下了，把院子里粗大的槐树晃得沙沙作响，檐下挂角的铜铃声也不失时机地揉搓进去，那一刻衍生出的那股子静，说实话真是让人心生清凉。我仰望院子上空湛蓝湛蓝的天，忽然有种恍如隔世之感……

"不走了，就为着这片宁静！"

我找到和尚，和尚有些吃惊，随后便变得惊喜了："我正想要收拾这院子呢，正好没帮手。刚装修完，你看放了一个月了一直没得收拾。"

"好，我帮你！"就这样我留了下来。

也许是当初穷怕了，和尚所谓的收拾实际上就是归拢。屋里的任何一样东西，他都舍不得扔。村里人送给他的几十床旧棉被根本没处码放，我说："扔了吧！"他不理我，嘴里却喃喃地叨咕说："庙里的东西怎么能随便扔呢。"一把破板凳我看他不注意一扬手扔到了院子里，他看到了又拾了回来。看看我，有些不好意思地说："我刚来时，连这些东西都没有……"后面我便不再说话，只是默默地和他一起收拾。看到院角堆着一大垛"老炕土"，我问："这个也留着？"他很坚定地说："嗯，回头撒到地里去，你知道这里是没有土的！"我真是无语了，最后只得戏谑地说："旧的不去，新的不来，不信你可以试试！"他也反虐我："等新的来了，再让旧的去也不迟！"干累了，和尚说："歇会儿，我请你喝茶，我这里有上好的白茶！"茶具摆上了，我喝茶纯是解渴，和尚好像也不是太懂茶道，只是该有的"家什"都一应俱全。喝着茶，有电话打进来，和尚的声音便一下子低了下去，说了几句便匆匆地挂了。谁知，不一会，电话又打进来了，我站起身知趣地走到一边。和尚说了几句，这次挂得更匆匆了，可那电话却不依不饶起来，响个不停。和尚便一次次地按着拒接，表情变得越发尴尬起来，我忙站起身边往外走边说："接着干吧！"和尚在后面也忙不迭地跟了出来。

快到晚饭时间了，我不知道这位和尚是不是过午不食，可我的肚子早已是饥肠辘辘了。出了庙门，村里没有卖菜的，只有一间小卖店，里面从日用百货到柴米油盐都有，不过好像大都是过期食品。我到了里面，店老板有些喜出望外，似乎许久没有迎来一个"客户"了。

回到庙里，我炒了两个素菜，和尚用钵我用锅。也是干得累了，两人风卷残云一样扫荡了所有食物。晚饭后，到和尚的屋中泡上茶又聊了一会儿。夜已深，从屋里的木头窗子向外望去，黑漆漆的一片，黑得纯正无染，黑得沉寂无声。我和和尚都算是比较木讷的人，多半时间是相对无言地默默对坐着喝茶。

夜里的法云寺，在昏暗的灯光下透着一种残破。朱红的门窗在夜色中显得有些扎眼，槐树投下的巨大影子罩住了多半个寺院。和尚在西屋里做着晚课，我便在小院子里独自漫步，静静地品味一番异乡的宁静。夜已经很深了，村子也更寂静了，狗的叫声也开始无力地低沉下去，只有永定河的流水声仍旧不缓不急地款款送来。夜风中，一阵手机铃声从西屋隐隐约约地传来，屋里人急匆匆地离了座拿着手机走到窗前，"哗啦"一声将窗帘拉上了……

院子里的光明立刻被遮去了一半，我站在黑暗中，望着像是煮在糖水里的另一半橘红的世界，忽然有种异样的感觉从心底里生起。那寂静的寺院刚刚带给我的空灵感仿佛被什么东西重重地蜇了一下，是什么呢？我的手下意识地摸向一直关着的手机，心陡地一惊。瞬间，一个已经失散多日、燥热的世界就又回到了心底。我的手僵住了，想缩回来，可我却看到，西屋窗子里一块土黄色的窗帘背后，一个孤独的身影正在焦躁地来回晃动着。我的手终于耐不住按下了开机键，嘟，嘟……嘟……

　　一连串的短信发了进来……

孟子故里邹城行

　　进到济宁界内，看到路边不时有卖一种叫甏饭的"快餐"，这个字还是到了邹城问了当地人才知道的。饭确实不错，肉都是用罐子蒸的，另外还有多种煮过的配菜可以搭配，而且价钱便宜，这是旅途中吃过的比较不错的一种小吃，有机会去济宁的朋友一定要尝尝。

　　到邹城时已是黄昏了。这里素有"孔孟桑梓之邦，文化发祥之地"的美称，城虽称古城，可却找不到半点的古来，走过了不少地方，在中国真的很难找到那种保存得很原汁原味的古迹，除非经济极不发达的地区。晚上逛街，吃了一顿可口的甏饭，算是个不错的记忆。

　　第二天一早，赶往孟府。住的地方离孟府很近，本来邹城也不大，到了那一看才发现，孟府与孔府比起来那可真是不可同日而语啊！府是不断翻建后的样子，实际上最早的孟府也不在现在这个府址上，因为原来孟府的原址太过狭小，所以在宋代时才改迁到了现在这个地方。来孟府游览的游人不是很多，穿堂过院，有些厅房里面是孟家的家族史介绍，还有几间是介绍孟子近代的直系后人孟夫子先生事迹的。所以逛了一会，实在也没什么可看的，便出了门前往旁边不远的孟庙游览。

孟庙的规模比孟府要大得多，里面遍栽古松古柏，看年代应该是比较久远了。另外，古碑文也是比比皆是。青瓦的屋顶虽有许多已修缮过，可还是有种古老的气息游离其间。殿中供奉的大都是历代儒家诸贤，有趣的是在孟府、孟庙中，孟母是占一席之地的，包括后面要提到的孟林，也是遵循着"先孟母后孟子"的古说。从这点上说，孟母的贤惠为中国社会母性文化的传承预留了空间。走到孟庙的尽头是一片开阔地，当时周围已经围了许多的人。不大一会，鼓乐开始齐鸣，一列装扮成春秋战国时代官员、侍从的队伍进场，原来这是"十一"期间在表演古代孔子所提倡的"礼乐射御书数"六艺中的射艺。代表着古代贵族的男女夫妇双双入场，互行礼仪之后宾主之间再行礼，然后下人进酒，劝酒时又是一番互施进酒礼，随后便是开始表演射艺。射手上来后先是与主客施礼，然后才迈步进入场中，同样还是每射一次都要施礼。观看时感觉是如此繁复，可看后却颇有一种"大开眼界"的感觉。春秋战国时期行的应该是周礼，孔子因为看到周制礼崩乐坏，于是才尽一生之力要恢复周礼，而且尽可能地将已经失传的周礼详细地考证出来，并在诸侯国之间进行推广。孔子究竟为什么要这么做？我想是因为当时天下大乱，孔子渴望用一种自发的道德纲常来约束住离乱与动荡。孔子的这番思想在乱世无疑是天真的，但许多事都是无心插柳柳成荫，到了太平盛世，儒家提倡的这套礼仪章法便彰显出它强大的治国、治世的能量。后来在他的弟子曾子、孟子等人的大力推动下，尤其是到了汉代，董仲舒"罢黜百家，独尊儒术"思想的提出，最终将孔子创立的儒家思想作为政治纲领确定了下来，而孟子也因对孔子的学说进行了一次跳跃式的提升，而后世将他们二人尊为儒家的精神领袖，并以"亚圣"来尊称孟子。

看这场表演我另有一个感触是，礼在当时已经规范到了每一个动作，而且都有专门的程式。据说，当年鲁国祭祀时有些礼仪连鲁君都不甚清楚，最后还是孔子站出来——进行了订正，所以孔了所注的《六经》实际上主要是做了一个考证与编著的学术工作，真正代表他个人思想的还是《论语》。

另外我对这场表演还有一个感触便是，在春秋战国时期贵族夫妻双方的地位是平等的，至少在礼仪表演中体现出来的是这样，而且男主人对女主人的尊重甚至要高于后世。女性地位的沉落从某种方面说是儒家几千年来一直提倡的尊卑观念造成的，但这个逐渐凸显的尊卑观念是在历史的进程中不断强化而形成的，溯本求源，在儒家思想形成之初，客观地说男女的尊卑观没有那么强烈的反差，而如果我们细致考察春秋战国时期的人性的话，那时的诸子百家的思想各成一家，所以人性与生活还没有规范化、制度化，那时的人性应当说是健康的，具有个性的。

孟林在邹城的东南方向，四基山的西麓。四基山是连绵不断的四座山，因山顶都是齐头的，很平坦，古人说"如基"，所以叫作四基山。出了城大概几十公里的样子，一列不是太高的小山便连绵起伏在左前方。我先是经过明鲁王陵，因为时间太紧了，所以也就放弃了进去参观的念头。孟林实际上是在北宋景祐四年（1037）才在兖州知府、孔子第45代孙孔道辅的寻访下找到的。当年孔道辅分析孟子晚年生活在邹县，终老在这里，所以墓地也不会离此太远，后来经过多次探查，最后确认在四基山，并且报告给朝廷。北宋皇帝知道后很高兴，表扬孔道辅办了一件大好事。从那时到现在，已经有900多年。900多年来，林地不断扩大，庙堂不断增修，逐渐形成了今天这个规模。但孟林较孔林的规模还是小了很多。在一处小山前，我看到了一块牌坊。停了车，顺着小坡一直爬到头，一座破旧的门房，看上去很久没有修缮了。门楼下坐着一位脏兮兮的老头，进去后除了正面的一大间祭祀用的大殿，就再没别的了。殿后就是孟子的坟墓，一个拱形的用石头围成的坟丘，规模比孔子的也要小不少。转了一圈，出门时那个老头还在，便和他聊了起来。老人和我讲了一堆关于孟林的事，最后问我看他多大年纪了，我说60多岁，老人呵呵大笑："我都88岁了，每天没别的事就是来这里来陪着老祖宗坐上半天，这一辈子也就过去了。"看看四周，荒野的群山四处埋着数不清的孟子的后人，历代都有。我不知老人这样的生活是种享受还是对生命的浪费。清末的梁启超曾说："我从不做那些诸如打麻将一类的娱乐消遣，那么多的事要做，除非你活腻了。"

从孟林出来已是快中午了。看看地图，到德州还有二百七八十公里。于是便一路狂奔。尽管车子随着车速的飞快提升已经"牛叫"了，而且制动肯定不是太灵，但为了赶路哪还想那么多。要命的是天一直阴着，随时要下雨的样子。就这样一路狂奔，终于在下午5点多时赶到了德州，看到背后的夕阳，这颗心这才落下来。

定州贡院

闭上眼，定州贡院那青灰的场院，整齐严肃的楼阁，略有些阴森的号房，尤其是那如雁展翅般的魁阁便会飞入眼来。灰、黑、青，这是我对这所中国北方唯一保存完好的州属贡院的整体印象。

科举考试创始于隋，确立于唐，完备于宋，兴盛于明、清，在中国延续了近1300年，这种"选官"方式给平民百姓提供了一个公平竞争的平台。所谓"贡院"，即贡士院，也叫贡闱，是科举考试的专用考场。科举制度刚刚诞生的时候，并没有专用考场，省试一般在吏部南院举行。唐玄宗开元年间，科举转由礼部掌管，就是从这时开始贡院才正式出现，但规制都比较简单。宋哲宗以后，礼部、各州皆建贡院。明代贡院形制已经规范化、制度化。清代沿用明代的旧制不变，府州县设试舍（考棚），京师及各省城则设贡院。

说到定州贡院的兴建，就不能不提到两位姓王的州牧。一位是清雍正年间的定州州牧王大年，据《直隶定州志·名宦》记载，王大年，字拙山，卢陵人。康熙五十四年（1715）进士，雍正五年（1727）任直隶定州牧。在定州为政期间，他"简而肃，温而严，催科则有滚单之设，清赋则有拨补之稽。家丁之革除，役车之注册，案无留牍，吏莫容奸"。雍正三年（1725），定州升为直隶州，下辖曲阳、新乐、深泽等县。在此之前，每逢岁科文武两次考试，几个县的考生都要到真定府（今正定县）去应试，由于当时的交通十分不便，所以考生往来真是苦不堪言。乾隆四年（1739），定州州牧王大年目睹此情此景，于是创建了定州贡院，这就是定州贡院创建之始。

而另一位与定州贡院有着密切关系的州牧叫王仲槐，他是河南滑县人，进士出身。道光十二年（1832），由清苑县升任定州知州，当时贡院已建成近一百年了，屋舍破败不堪，只能勉强使用，而且"历时既久，损坏极多，而号桌坐凳及顶棚为尤甚。每届学宪案临，辄杂取市廛板片为供应，桌面之狭小横斜，坐凳之高低欹侧，诸多不适。一遇风雨，则顶棚飘摇渗漏，竟难展卷，诸生苦之久矣"。从州志上这段描写可以看出，当年定州贡院的破败已经是很严重了。王仲槐到任后，恪尽职守，以教士恤民为念，当他向全州发出重新修缮贡院的倡议后，民众欢欣鼓舞，纷纷捐资助建。很快，王仲槐就筹到了足够的费用，于是，道光十四年（1834）正月，定州贡院的大修工程正式启动。在操办此事的过程中，王仲槐为避人口舌，专门聘请当地的乡董进行主持，"不假胥吏手，以杜弊端"。可见他虑事的周到和为官的清廉。在将近两年的工期中，王仲槐经常率人亲往工地进行视察，工程维修的人等也都是尽心竭力，终于使贡院得以旧貌换新颜，成为定州一景。

清朝常科考试一般是三年举行一次。考试分为两级：乡试和会试。乡试为乙级考试，会试和殿试为甲级考试。参加乡试的称生员、监生或贡生。生员是县学和府学等官办学校的学生，俗称秀才。监生和贡生是中央学府国子监的学生。生员虽不算功名，但也要经过考试才能获取资格。在乡试开考的前一年，由朝廷委派学政在各府巡回对生员进行科试。生员科试合格之后才能去参加乡试。乡试一般在秋季举行，所以也称秋闱。乡试一般都是以省为单位，在各省的贡院内进行，考中者称为举人。举人可以算作功名了，而且具备了做官的资格。

会试一般是在乡试的第二年春季举行。会试的考试地点只能在京师举行，以顺天府贡院做考场。赴京参加会试的举子，考中者即为贡士。贡士经过复试合格后参加殿试，也就是皇帝亲自监考的考试，通过殿试的即赐为进士，进士是科举考试的甲级功名。殿试第一名就是人们常说的状元。在封建社会里，"万般皆下品，唯有读书高"便是指的读书人十年寒窗，最终求得一日金榜题名。所以，科举考试决定着一个读书人的命运。

清代的武科考试同常科一样，也分乡试、会试及殿试，乡试中者称武举人，会试中者称武贡士，经殿试后称武进士，殿试第一名称武状元，考中武进士即可由兵部授以武职。定州贡院按当时级别来说，是举行乡试和科试的地方，而且是具备文武两科考试资格的场所。

走进定州贡院，大门前是一对经历几百年风雨的石头狮子，狮子面对的是一道长长的影壁。青砖做基，白浆粉饰，硬山布瓦顶的帽檐。若在普通人家，这或许就是道影壁，可矗立在定州贡院前，便又多了一个功能，那就是科考后用来放榜的地方！放榜时，榜文的写法是很有讲究的，书写时是以中试考生考号排列成圈状，中间一个"中"字，取"贵"字上半部字形，寓意高中就能带来富贵。每当放榜之日，要高搭云梯，请州内书道名家登梯题写中榜考生之名，两旁列吹鼓手，鸣炮奏乐！之后随着差役的一声"开榜"，考生们往往一拥而上，从这二十几米长的影壁墙上去寻找自己的姓名了。几百年来，就在那一刻不知几人仰天长笑，几人顿足捶胸，真正是"几家欢喜，几家愁"啊！

影壁正对的是贡院的大门，三间面宽的青砖灰瓦门房，单檐硬山布瓦顶，青瓦砌花脊的正脊，黑灰色的原木立柱、门板，远远看上去和青灰的墙瓦相映成趣。大门的东西两边各有一座小门，那里是考生进入贡院的通道，而中间这座大门作为门房则是监考官们临时的办公地点。

关于考场的"安防"历代都相当的严密。据《册府元龟·贡举部》载，贡院"关试之日，皆严设兵卫，荐棘围之。搜索衣服，讥诃出入，以防假滥焉"。为防止考生翻越，一般在贡院四周围墙上还会插满荆棘，所以贡院因此还有"棘闱""棘院"之称。此外，为壮观瞻，在贡院的大门外还专门建有兵房、执事仪仗房等"安防"部门。

考试当天，考生必须在寅时前就在贡院前排好队，点名入场。点名簿上录有考生的姓名、籍贯、相貌、身材、三代履历及认保廪生的签押。为防止顶替、冒籍的考生混入考场，点名时认保廪生依次排列在学政的两旁，确认考生本人无误之后，在唱名领卷时，认保廪生还必须自报姓名，声明其为所保考生的保人，这时才能发放试卷。在开考之前，还要对考生所带笔墨、食品、衣物进行严格检查，以防止考生夹带作弊。但即使这样，在参观定州贡院之时，展馆中还是展出了用于作弊的马甲，撕开内胆里面是用小楷抄写得密密麻麻的蝇头小字，使人不禁扼腕！

走下大门的台阶，一幢幢房舍楼阁沿中轴线纵贯而下，两边的场地上植种了不少绿树，迎面的两棵枝干遒劲的国槐最是引人注目，据说这是当年乾隆皇帝六下江南、五过定州时亲手种下的。历经几百年，如今依然枝繁叶茂，生机勃勃。

穿过国槐繁密的树荫，一栋别具风格的楼阁迎面矗立。这里就是"魁阁号舍"，实际上这是座连体建筑，是魁阁和号舍两座建筑组合而成的。这里是贡院的主体建筑，也就是考生考试的考场所在。当时王大年始建贡院时仅有号舍，后来到了道光十四年（1834）王仲槐重修贡院时，在号舍的南端又添建了魁阁，于是便成了今天这个样子。

魁阁号舍为半四角攒尖顶结构，殿脊叠涩，四层出檐，全貌呈品字形罗列。因为魁阁是后加的，它的瓦顶为了与号舍相协调，分为四个高度七个部分：明间最高，为半个攒尖顶，出两个翼角；两边次间、梢间、尽间依次降低，各出一个翼角，这样便使正面形成与牌楼相似的奇特形状，犹如鸿雁振翅高飞，远观极为雄伟壮观。这座建筑的外形寓意贡士们求学之路的艰难，唯有不断发奋苦读，才能一朝中举，得享富贵荣华。在魁阁中间的阁楼之上远观，你会看到一位身着黄赭绸服的"凶神"正龇牙咧嘴、怒目而视着前方，让人乍看之下不免心胆俱寒。这就是过去文人们尊崇的，主宰文章兴衰的神祇——魁星。定州贡院的这尊魁星的形象是取"魁"字的会意而塑的，魁星一脚向后翘起如

"魁"字的大弯勾，一手托斗，象征"魁"字中的小"斗"字，一手执笔如点状，以示点中了合格的士子。魁星的头顶之上有金字木匾一块，上书"笔参造化"四个大字。

号舍是考生考试的地方，里面分隔为许多小间，称为"号"。关于号舍的规制，清代《广东文闱科场事例》曾有过这样简洁的描述："每一号舍约阔三尺，深四尺，檐高八尺，地下皆铺砖，两便墙用双隅砖砌，离地一尺五寸，留砖罅一条，为套上号板之用。号板每块一寸八分，阔如其号，深以铺满号舍为度。板上尺余，再留一砖罅，士子将号板揭一块，置在上级，恰合一台，用以作文写字，再上则单砖到顶。每号前置炉一个，炭一篓，为士子褒茶汤饭食之用。巷用白石平铺。每巷口，栅一度。另巷外东西文场大路外，栅一幅，由龙门一连直到至公堂。留数门出入，预备封锁。每一巷内，号军约十名，或八名，专服侍士子茶取饭食各役。每一号军，约服侍士子六名，不得出栅。"

据说贡院号舍在明朝之前多为木制墙板，明正统三年（1438）的秋试，首试的头一天，就着了大火。后来，明天顺七年（1463）又发生了一次更为严重的火灾，这场大火烧死了90多个考生。火灾惊动了朝廷，明英宗给每位死难者抚恤了一口棺材，埋葬在朝阳门外的一块空地上，并立碑"天下英才之墓"，附近的老百姓将其称为举人冢。贡院屡屡失火，朝廷不得不想办法改建。这样到了明正德年间，大学士张居正专门为此上疏皇帝，建议将贡院的木板房改以砖瓦结构为主的号舍，使防火性能加强。所以到了今天，我们再次走进定州贡院的魁阁号舍时，看到的复原后的号舍都是半截的青砖结构。

贡院的号舍面阔七间，进深九间，可同时容纳考生百人。考试这天，考生入座后，随即将大门、仪门封锁，堂上击云板，考场开始止静。考生答卷时要求必须用楷体书写，考试题目不出《四书》《五经》的范围，文体必须是八股文。考试过程中，有兵丁严密把守、监视，如有移席、换卷、丢纸、说话等作弊行为，一经发现，立即扣考，严重的则戴枷示众。

出了号舍，在后门两旁有两根高四米的汉白玉的盘龙石柱，柱身分别刻有一条腾云驾雾的祥龙，龙体屈曲盘旋，云腾向上。盘龙柱上的浮雕清晰可见，栩栩如生。如果你仔细观察会发现，柱子顶端的四角都雕有一头小狮子，取"事事（狮狮）如意"之意。这里也被人们称为龙门，顾名思义，有"鲤鱼跃龙门"之意。因为考生答完卷后要由这里到大堂交卷，所以这雕刻盘龙的玉柱寄托着对莘莘学子十年寒窗、一朝高中的美好祝愿。说起这两根保存完好的龙门玉柱，还有段史话。1926年至1936年，中国著名的平民教育家晏阳初先生，在定州贡院做平民教育的实验。当时晏阳初先生讲学时，把此处辟为讲台，而在这两个柱子的位置砌了一堵墙。两根盘龙柱也就被包裹在里面了。直到2005年重新进行维修时，工人推倒影壁，里面的这两根盘龙柱才重见天日。

说起平民教育家晏阳初对定州贡院"龙门玉柱"这一无意的保护，那么顺带就不能不说下他对定州贡院的破坏。不谈他作为一位世界级的平民教育家对中国近代教育所做出的贡献，单就他在定州贡院兴办教育时，对贡院的建筑设施进行的大规模的改建，后来当地文保部门的负责人说，当时的改建对贡院造成了很大的破坏，为了便于讲课，晏阳初创办的"平教会"把魁星号舍进行了一些改造，并搭建了讲台。这些改造活动在一定程度上是对珍贵文物的破坏，同时也为未来的大规模维修增加了一定的难度。

魁阁号舍之后的大堂，是监考人员监临、监试、巡察、议事、收取封存试卷的地方。考试的最后一天的下午，考生们开始交卷。交卷时，考生将卷面写有本人姓名的浮签揭下，证明自己的座号。受卷官每收一卷，发给一牌，出场时，收回一牌，放出一人。每积至三十人，才能打开大门，放出交卷考生。直到傍晚清场，这段时间考生们的活动范围便是到大堂为止。

二堂为评卷之处。考试期间，学政的随从吏役全部留在场内，不许离开。考试结束后，也不允许探亲访友。阅卷完毕，由学政录取，只凭座号招复团案，经过两场复试后，被录取的卷子均加盖学政关防，发交提调官拆出卷后的编号，经检验证实此编号与花名册姓名相符，然后填写发榜案。

距大堂北面 30 米处是后楼，又称揽胜楼，为面阔五间的三层单檐硬山顶楼式建筑，这是考官们的宿舍。主楼两侧的耳楼是道光十四年（1834）时任定州牧王仲槐重修贡院的时候所建，面阔进深各一间，据说这里是当年存放考卷的地方，所以没有门只有窗，内部也未设楼梯。这里同时也是监视文场东西两侧、稽查考生有无私自往来、执役人员有无参与传递作弊等行为的地方。此外，廊下设两层木制栏杆的看台，系考官观看武贡生比武的场所。当时，除了定州塔外，定州再也没有其他高层建筑了，所以这里又成了文人雅士们常来聚会的地方。文人们登楼远眺美景，题师会友，于是"揽胜楼"即由此得名。

定州贡院被称为中国北方唯一保存最完整的"秀才考场"。据统计，定州贡院从创办到清末废除科考，这几百年间从这里走出去的文武举人共有 227 人。包括邢敦行和郤飞虎两名武状元。历史的车轮已经远去，尘归尘土归土，这些学子们的人生，许多我们都已无从考证，但作为历史烟尘中的一粒，他们的人生正是从这里开始起步的。

走在贡院西侧青砖墁就的甬路上，无意间发现几块特别的青砖，上前仔细一看，原来刻着的是一些人的姓氏，字迹虽已不甚明了，但依稀可认出。也许，这就是当年捐建者的名号；也许，是烧砖工匠的姓氏。沿着那些字迹，令我们不禁回溯起贡院三百载的风雨沧桑。最后让我们用清代一位诗人题写在定州贡院楼壁的一首诗作为定州贡院之行的结束吧："凭栏尘眼一为开，昨岁游人今又来。十月霜晴好时节，满城风物上楼台。旧题留壁谁能记，隔院看花首重回。浪迹如萍何处看，欲登车去且徘徊。"

草原天路

  草原天路，位于河北省张家口市张北县和崇礼县交界的地方，西起张北县城南的野狐岭要塞，东至崇礼县桦皮岭。这条全长 132.7 公里的山间公路，像一条蜿蜒曲折的青色绸带铺展在连绵起伏的山丘间。"天路"沿途山色秀美、梯田纵横、河流奔淌、沟壑相连，草甸之上牛羊成群，山丘之顶风力发电机星罗棋布，公路一直伸向白云升起的地方，故此人们称这条公路为"天路"。这里是锡林郭勒大草原的边缘，平均海拔 1400 米，年平均气温只有 4 ℃，这里还被称为"中国的 66 号公路"、中国内地十大最美丽的公路之一，所以"五一"之后我便总想抽空去那里看看！

  去"天路"之前，我一直认为距北京 500 公里内不会有真正的草原，可当我从"草原天路"骑行回来之后，我的这个印象转变了，或许因为我还未见过真正的大草原吧！

  从鸡鸣驿上高速没多久，天便下起了大雨，于是临时决定夜宿宣化。转天，天空依然阴郁，大雨随时有可能会倾盆而下。可一个真正的"驴人"不会因为天气原因而选择退缩，就这样一百多公里的奔袭，当我到达崇礼县的桦皮岭时，已是上午 10 点。差不多是与此同时，一大块乌云慢慢悠悠地横布在了北边的天空，"哦，上帝"，看来今天"在劫难逃"，这场雨是无论如何也躲不过去了……

路

"草原天路"被中国的旅行者们冠以"中国的 66 号公路"的美称，66 号公路对于美国国民是一种纪念式的爱称，这条将近 4000 公里的"母亲路"，在北美大平原上纵贯驰骋，可谓壮观，而我们脚下的这条"天路"与之相比自然要短小许多，可那沿途变化多端的地貌，起伏跌宕的路面，在中国却又着实不多见。

进入桦皮岭入口之后，路便一下子陡了起来，一辆辆自驾游的汽车头尾相接，一眼望不到边，那一个个将近 60 度的斜坡让人着实为车手捏把汗。摩托车从车隙间挂着一挡终于冲上了坡顶，停住车，风一下子便撞了过来，这里是有名的风口，常年的大风都在六七级。山顶的坡势平缓，虽说可一览众山小，但丝毫没有险峻的感觉，两侧皆是舒缓的山丘，沿途那不断从车上下来拍照的游人搅得人实在无法安心看景，于是我上车接着沿公路前行。

"天路"是双车道公路，青黑色的柏油路面在茵绿的草原上蜿蜒前行，像一条安静的河水，随着山势起伏。瞭望四野，最能引起人注意的不是那周围的景色，倒是那条脚下青黑的公路。有时人在坡底时，它就在眼前竖立着，有时人处山腰时，它竟已经悬在头顶了；上冲时，它仿佛贴到了人的脸上，而下冲时，它又跑进了人的怀里。这路有趣便在这里，始终与人不离不弃、玩耍不休。那海一样宽阔的原野，因为"天路"穿行而过，硬生生地被一劈为二，那笔直的黄色分道线像一条链锁缝在草原之上。站在坡顶，路像草原上的河，弯曲着、回旋着，在那灰黄色的牧草与绿色的矮松间洄游，直到消失在远方拔起的山丘之上。

最为孤独的是那段坡顶的路，一个小小的回旋便从坡顶跌落到下面不见了，让人误以为是到了尽头。越过山坡，远处便是蓝天，蓝天上面是白云。眼之所及，这短短的一小段路途就那么安静地躺在野花盛开的地方。有风吹来，花、树齐摇，野草起伏，蓝天之下一切都裸露在阳光的爱抚之中。这时公路刚好寂静，只有一辆车，只那么一辆，悠然地经过野地，驶向了坡顶。这暂时空旷的公路之上，那一刻竟让人觉得有些孤独，山的孤独、草原的孤独、风的孤独，但最孤独的还是公路……

最寂静的是林中的公路，成片的松和成片的柏，还有杉树，猛然会在一片坡地上密集起来，于是成了林。高高的、笔直的松树欺近了路边，把天挤得只剩下了一条线，林子里很幽静，杂木丛生，因为无人打理，所以无论是树还是草都长得很蛮横，野得无拘无束，密密匝匝地容不下人的一脚之地。路便在这林子中快速穿过，果断而坚决，人在这路上便也会飞似的过去。

"天路"就是这样，在这草原上率性地随坡就势快活地前行着，没有阻滞的感觉，俯瞰像青黑色的带子，随山飘舞，仰视仍像带子横空飘展……

山

山是连绵的，左右都望不到头，山势大都平缓，没有突兀崛起的样子，亦没有险峻高耸的感觉，所以公路都是在这波浪形的山势中穿行。

沿途有许多观景台，可以随时停下来驻足眺望。而山丘顶上的风又总是很大，吹得人前行一步都很艰难，而走过去若想站稳同样是件不容易的事，那呼呼的大风不绝于耳，身子便在这大风中不停晃动。

不过，"天路"的景致还是很美的！因为是上午，南边的群山都陷在了熹微的晨曦之中。满眼的绿色，随着那波浪一样的群山伸向天际。近处的山大都是鲜绿的、新绿的，因为还没入夏，所以有些山顶还泛着块块的芽黄颜色。整个山势像铺上了毛毯一般，毛茸茸的，偶然有成堆的小树闪现，那毛茸茸的山坡上便像是绣上去了一块凸起的饰物。稍远的山曲线变得柔和了、流畅了、轻松了，色彩变得更浅淡了、灰暗了，山面上的"绒"像又被细致地修剪了一下，更加细腻而平滑。远处的山有些缥缈，没了山势的纵横，也没了山丘的起伏，只是那一条子横展在眼前的山脉。那一座座逐渐变得虚幻，终于与天融合在一起的远山，整体失去了颜色，那不再是山本来固有的绿色，而是一下子变成了蓝色，近些的是深蓝，远些的是浅蓝，让人眺望时感觉心胸开阔、心旷神怡。我喜欢那种像海一样的蓝色，因为它让人联想起宁静与致远。

与天相接的地方，便是白云升起的地方。蓝蓝的天做衬，成片的或一朵朵的白云在天际处麇集，一片片一朵朵都挤在了一起，像成堆的棉花聚在了一起。越往近处那云朵便越发独立了，一朵一朵飘荡在空中，慢慢地随风挪移。于是地上便有了阴影，近处的阴影与天上的云都是对应的，一大块一大块地只是随着山坡的起伏而扭曲，随着云的飘浮而身不由己地也慢慢移动。蓝的天，白的云，绿的草，黑的影，真是相映成趣。再远处，山变暗了，阴影变大了，有的整座山都罩在了阴影下，甚至还有整列山都浸润其中的。那阴影下的山也很美，那深深的影子仿佛一下子将山变得厚重了，而那阳光下草原的颜色便更加鲜艳、更加浓郁、更加生动。

高天上流云，在草原之上可以随时看到，丝毫也不觉得稀奇！

田

在北方的草原能看到梯田，着实让人可以小激动一下。当然，北方的梯田与南方的梯田还是不一样的，南方的梯田多是水田，诱人在它的光影，而"天路"上的梯田当然都是旱田。没了光影，似乎便缺失了那浓妆艳抹的色彩与矫揉造作的细腻，但却多了一种简约与素淡以及纵横驰骋的粗犷。

在"天路"上走着走着，有时不经意间，便会从路这边或那边冒出一片梯田来，一道道弧形的坝子将山坡分割成了一条一条的田地，像一只只巨大的扇贝，丢在山间。这是一块块脱出草原整体颜色的色块与线条，缤纷而统一。但一路上在习惯了眼前那连绵不断的山丘和色彩不变的绿色后，倏然间跳出那么一块形与色迥异的梯田来，会为之眼前一亮。于是总会一次次地停下车，情不自禁地跑过去一次次按下快门。

那层层的梯田中的农作物颜色大都亮或深于周围的山原田野。亮的一般是油菜花，这时正是油菜开花的季节，那成片清淡的黄花一齐怒放着。离路边近的梯田大都会引来大群的游人弃了车，不顾脚下的杂草和荆棘呼喊着冲进去，举着手中的相机拍个没完。女人们大都在满世界的黄花中做着各式的"pose"，男人们大都"爱美人也爱江山"，总是四顾着寻找更美的景致，或是举了广角平扫，或是俯了身微拍。深色的，大都是庄稼，那深深的绿只宜远观不宜近赏，当然也少有人去近赏。站在山头，俯视了那夹在嫩黄的油菜地之间深色的梯田，愈发觉得绿得浓郁，绿得均匀。有时碰巧有块云朵飘来，遮在上空，那深沉的绿色便又加染了一层深重。有时路经常会忽然沉了下去，一抬头，一片梯田就出现在不远的地方。于是放眼望去，那层层叠叠的梯田有了立体感，一道道坝子在阴影的托衬下，像刀刻一样，与或远或近的山丘形成了鲜明的对比，梯田忽然间使那本来平庸无奇的山丘有了棱角，极富阳刚之气，加之那一块块梦幻的色块，将"天路"装饰得如西方现代派大师马蒂斯的绘画。

梯田附近，有许多白色的风力发电机，高且粗的电线杆，三片巨大的扇叶，近看有点像瘦削的城堡，远看则几十架，甚至上百架地布满了附近的山顶，与那色彩斑斓的梯田相互呼应着，自成一道独特的风景！

梯田的附近一般都会有人家，十几户，或是几百户，就那么一簇簇地包在梯田之中，像是花蕊。梯田的周围一般都会有成行的绿树，一行或是一片，或横或竖地出现在梯田里，像是叶脉……

村

零落在"天路"两侧的村庄有多少，我没统计，但似乎每转过一两道山梁便会在路左或路右有座小山村远远地坐落着。有点像隐居山林的隐士，也有点像流落到民间的官宦，但更像是土生土长的村人。

一目难以望尽的平川，就那么在谷底平铺着，那一大块田地绿得是那么的喜人，一条弯曲的土路像一根绳子从远远的公路上垂下来，在绿色的沃野中拖出一条淡黄的线，那线越往前越细，终于在山脚下左右分开，包抄出一片红色的村庄来。纯一色的红砖瓦房，像长得旺盛的蘑菇，一堆一堆又一堆，终于占满了整个山脚。每间房屋都像个小火柴盒，甚至还要小，像一块块斑点，不过是立体的，每家每户的房子都在阴影的勾勒中呈现一种生动的 3D 效果。村前的田地是平面的，平得舒展而辽旷。即使那一根根像针一样的电线杆和火炬一样成排的绿树，在那一眼难以看尽的田间也难搅其辽旷的舒展。

冲上一块坡顶，路像河一直向前游走了，在一片绿树与天交际的地方一下子随着山丘滚落了下去。于是眼之所见，这一大片原坡便成了一个世界，一个安静的午后花园草场。满坡的野花一齐盛开着，多是粉的和白的，随着风摇曳不止。坐下身去，那世界便有一半成了花的世界，高天上的白云大朵大朵地在头顶上飘摇，随着风一直向着原坡下面流窜。而白云走过的地方，忽然有座村庄跳进了眼里，就在路边，就在野花的缝隙中，安安静静地端坐着。一所所房子，较之谷底的房子大了许多，而且有了细节，能看到每家院子的栅栏门和门前那挂陈旧的马车。依然是红砖红瓦，只是在风雨的吹打下，那本来的深红色已变得苍白了许多。看不到有人，或许是有人也看不清，所以村庄是安静的，静得沉稳而深重，那喧嚣的"天路"上成行的汽车无论如何也打扰不了它，它也不被人打扰。

最是喜欢那卧在半山的一座村庄。一块本来平展的山坡一下子被这村庄"啃"下了一块，那一片村庄就卧在了那块凹进去的洼地里。四周高起的山地像个漏斗，山地上都是开辟出来的梯田，从村子的西南拐向了西北，黄的、青绿的、淡绿的、灰绿的、赭石的……一面山竟有这么多种颜色，实在是令人叹服！村子的后面背倚的是山坡，就是那么一片绿草。村庄被绿树包围了一圈，显得更加红艳了。阳光是顺向而来的，村庄的眉目看得更清晰了，黑洞洞的窗户，七扭八扭的院落，错落的电线杆，还有那粗大的烟囱，一条完整的路从村外闯进来，从村子的西南拐向了西北，再从西北分向每家，院墙好像没有一家是完整的，都是粗略用石头堆起的半壁残垣，圈不住人，只能挡住牲口，或许这就是淳朴民风吧！

雨，一直是"含苞待放"的样子，但终于是没有下来。在"草原天路"上我整整骑行了5个多小时，时速竟然只有20多公里。因为路上的车太多了，几乎连成了行，串成了线，所以摩托车只能在这车缝里穿行。好在是摩托车，我想若是汽车的话真不知要用多少时间才能从这头挪到那头。草原的风很大，坐在车上有种随时会被卷走的感觉，尤其是过几个风口时，车子随时都会被风带着跑向一边；草原的天很冷，冷到我将衣服系紧系严都不行，要知道那是 6 月的天气，直到我将不透风的雨衣都穿戴齐整，浑身这才停止了打哆嗦。草原的景色真美，来时没多大兴趣的我，一路下来，终于给了自己一个满意的答复——不虚此行！我想有这四字便足矣了，尽管来这里的一路上，被雨淋了若干次，尽管返程时车胎还是没能幸免于难，尽管这一路屁股坐成了板，身子很累，但我还是快乐地说，生命在这个灰暗的夏天又被我引爆了一次，我这个行走在路上的生命，在这个夏天又多了一份记忆，写在路上，更写在心里……